THOMAS VERBOGT

Wenn der Winter vorbei ist

THOMAS VERBOGT

Wenn der Winter vorbei ist

Aus dem Niederländischen von Christiane Burkhardt

OKTAVEN

Die Übersetzung dieses Buches wurde freundlicherweise von der
Niederländischen Stiftung für Literatur gefördert.

N ederlands
letterenfonds
dutch foundation
for literature

Die Originalausgabe mit dem Titel *Als de winter voorbij is*
erschien 2015 bei Nieuw Amsterdam.

Für J.

1. Auflage 2020

Oktaven

ein Imprint des Verlags Freies Geistesleben
Landhausstraße 82, 70190 Stuttgart
www.geistesleben.com

ISBN 978-3-7725-3017-3

⊚ auch als eBook erhältlich

INHALT

Dieses andere Lächeln   9

Aus dem Nichts   13

Sie sind alle allein   16

Glühender Blick   19

Anderes Leben   23

So lange wie ein Traum   30

Denk doch mal nach!   32

Aus einer gewissen Entfernung   36

Sie haben gelacht   40

Mitreißend fröhlich   52

Der träge, glückliche Rhythmus   55

Früher Winterwind   61

Nichts geht vorbei   67

Das rote Märchenbuch   69

Wie soll man leben?   73

Das ist wirklich das Beste   77

Indem man etwas loslässt   80

Na und?   83

Schwierigkeiten im Umgang
mit dem Leben   92

Keine feierlichen Worte   96

Dieses brüchige, brillante Bollwerk   101

Kleiner Eisbär   108

Alles verströmt Kälte   114

Durch meine Wut   116

Indian Summer   121

In der Klemme   132

Mount Everest   145

So fängt dein Leben an   151

So was kommt vor   156

Schöne Worte   158

Klar umrissen   161

Verdoppelt   165

Herbst in Neuengland   170

Keinerlei Kontrolle   179

Verhaltenes Lachen   181

Leichte Zugluft   184

Es war aber so   187

Nenn es Zärtlichkeit   192

Weihnachten in Amsterdam   195

I BLESS THE LIGHT
I BLESS THE LIGHT THAT SHINES ON YOU,
BELIEVE ME

Ray Davies, *Days*

NÄHERE DICH DER SONNE,
SEI DANN DER SCHWERKRAFT
EIN VERBÜNDETER STATT
EIN ÄNGSTLICHER FEIND.
HAB KEINE ANGST VOR DEM,
WAS DIR ZUSTÖSST. UND VERTRAU
AUF DEINE KÜHNSTEN TRÄUME.

Frans Kusters *Nieuwe Icarus (Neuer Ikarus)*
aus: *Na het wonder (Nach dem Wunder)*

DIESES ANDERE LÄCHELN

«Du hast richtig erschrocken ausgesehen», sagt Aimee.

«Erschrocken?»

Die Wohnung, in der ich gut fünfzehn Jahre lang gelebt habe, ist so gut wie leer. Die meisten Dinge sind bereits bei Aimee, immer noch viel zu viele, «aber die sortiere ich dann dort aus» – ein Vorhaben, das bei ihr auf keine große Begeisterung stößt.

«Was wir hier erledigen, können wir uns dort sparen.»

Sie liebt es, Ballast loszuwerden. Und das meiste, das wir in unseren Häusern, in Schränken, Speichern und Kellern aufbewahren, ist Ballast. Vielleicht ein Versuch, Aufschluss über unsere Persönlichkeit oder die Bedeutung unseres Lebens zu gewinnen, vielleicht auch der Wunsch, wenigstens das zu sein, was wir aufbewahren. Bei Vielem dachten wir einst: ein schönes Andenken für später. Doch es ist viel schneller später, als wir uns das jemals vorstellen konnten, und dementsprechend viel muss dann ein schönes Andenken sein. Die Dinge von einst sind es allerdings eher selten, weil sie nie den Platz bekommen haben, es zu werden.

Aimee kann extrem fragend einen Stapel Briefe hochhalten, die beispielsweise mit einem roten Band zusammengebunden sind, weil ich einst fand, dass ein rotes Band gut zu diesen Briefen passt. Sie stammen von einer Freundin, die mich schnöde sitzen ließ – eine

Entwicklung, die so gar nicht zum Ton ihrer Briefe passen wollte. Doch natürlich habe ich selbst dafür gesorgt, dass sie mich schnöde sitzen ließ. Ich habe früh gelernt, mich über solche Dinge nicht zu beklagen.

«Wann willst du die lesen?» Aimee stellt Fragen so, dass ich mir Zeit nehme, ernsthaft über eine Antwort nachzudenken.

«Vielleicht nie mehr. Ich habe sogar Angst davor», erwidere ich. Im Stillen denke ich, dass ich Angst vor allem habe, was mir zu nahe kommt. Vielleicht ist es gar keine Angst, vielleicht will ich es bloß nicht, aber Vieles von dem, was man nicht will, hat auch was mit Angst zu tun.

Aimee greift zu einem neuen Müllsack. Vor ein paar Tagen standen dreißig vor der Tür – dreißig bleigraue, plumpe, formlose Hüllen für eine vergessenswerte Vergangenheit.

Auf dem Kaminsims stehen noch ein paar Fotos, die in keinen Karton gewandert sind. Die stecke ich nachher in meine Jackeninnentasche: Fotos von meinen Eltern, ein Foto von Becky. Eine Geburtsanzeige, auf der mein Name prangt. Die sind schon immer da gestanden. Nachmittags setze ich mich oft davor, und das wird auch in Zukunft so sein. Nachmittags gehe ich oft in mich.

Aimee steht auf dem Balkon. Es ist ein warmer, sonniger Maitag. Im Park auf der gegenüberliegenden Seite der schmalen Straße ist viel los. Es läuft Musik, Kinder singen laut, als müssten ihre Stimmen bis weit in den Himmel hinauf gehört werden. Hier habe ich die sonnendurchfluteten Tage stets genossen, vor allem wenn es Frühling wurde und die Bäume ausschlugen.

Neben einer undefinierbaren Wehmut spüre ich noch etwas anderes, Unruhe, etwas, das meine Aufmerksamkeit fordert, aber nicht bekommt. Daraufhin schaue ich zum Kaminsims, ich muss dorthin schauen, zu den Fotos aus den ersten Jahren meines Lebens, und weiß jetzt auch wieder, wieso Aimee auf die Idee gekommen ist, ich könnte erschrocken sein: Vermutlich bin ich auch erschrocken. «Vermutlich ist das mein letzter Umzug», habe ich gesagt.

Wann habe ich das letzte Mal gesagt, dass etwas das letzte Mal ist? Bei wichtigen Momenten wohlgemerkt. Drei Mal habe ich jetzt schon von nahestehenden Menschen Abschied genommen. Sie waren krank und sind gestorben, und stets wusste ich beim Abschied, dass wir uns tatsächlich zum letzten Mal sehen. Das hat das Leben so klein und kurz gemacht, so lächerlich verletzlich, aber auch sinnlos. Nie habe ich eine solche Stille erlebt wie nach diesen Abschiedsmomenten. Ich ging nach Hause – die Stadt eine noch nie wahrgenommene Landschaft, völlig sinnentleert durch die Heftigkeit des Abschieds, die Bedeutungslosigkeit unserer Leben, erfüllt von Stille und Ausblicken, die aus nichts als Stille bestanden.

Wovon nehme ich jetzt Abschied, wenn ich sage, dass ich zum letzten Mal umziehe? Worüber erschrecke ich? Denn das tue ich, ich erschrecke.

Ich gehe zum Kaminsims. Zur Geburtsanzeige. Zu den Fotos: meine Eltern, die einander zugewandt in unserem einstigen Wohnzimmer sitzen. An dem, was vor ihnen auf dem Tisch steht, erkennt man, dass es sich um einen festlichen Anlass handelt. Meine Eltern erzählen sich etwas, das sie zum Lachen bringt.

Becky hat auf dem Foto zur Gitarre gegriffen. Ich war auch mit im Raum, das weiß ich genau. Damals hat man noch nicht so viele Fotos gemacht. Die Erinnerungen, die die Fotos wachrufen, schließen auch denjenigen mit ein, der die Kamera bedient hat, was selten beiläufig geschah. Hier ist Becky von ihr überrascht worden. Sie wirkt ertappt, während sie doch bloß zu ihrer Gitarre greift. Sie lacht verlegen. Wie gern ich sie gesehen habe, diese Verlegenheit in ihrem Lachen. Manchmal dachte ich dann: So geht das Leben, so will ich auch leben.

Bei meinen Eltern stand immer ein anderes Foto von ihr, ebenfalls mit Gitarre, aber darauf lacht sie ein Lachen, das sie zeigen will. Mir ist dieses andere Lachen lieber.

AUS DEM NICHTS

Beckys Stimme klingt sanft. Ich schaffe es nicht, sie anzusehen. Ihr Gepäck – eine Reisetasche und der Gitarrenkoffer – steht neben der Tür zur Treppe. Gleich wird sie fort sein. Sie sagt, dass sie zurückkommt, aber noch nicht weiß, wann.

Becky heißt Rebecca, aber seit sie bei uns lebt, heißt sie Becky. Keine Ahnung, wer sie zuerst so genannt hat. Mich gab es damals noch nicht, und meine Eltern waren noch nicht verheiratet, wohnten allerding schon in diesem Haus, im obersten Stockwerk. Becky war fünf.

«Sie kam aus dem Nichts», sagte meine Mutter oft. «Eines sonnigen Tages kam sie in unser Leben geschneit.»

Aus dem Nichts, das war der Krieg. Das hat mir mein Vater erzählt. Irgendwo in Deutschland wurde sie gefunden, in der Nähe von Bahngleisen, im Sommer 1944: ein zweijähriges Kind.

«Ihre Eltern sind ermordet worden. Mauthausen», sagte mein Vater.

Den Namen kannte ich. Manchmal blätterte ich in den Büchern über den Krieg. Davon gab es mindestens zehn, sie standen im obersten Regal. Ich schaute mir die Fotos an, die ich mir nicht anschauen wollte, und wenn ich das tat, war mir, als ginge mein Atem schwerer.

Eben weil ich sie nicht anschauen wollte, übten sie eine unheimliche Anziehungskraft auf mich aus. Außerdem weckten sie Schuldgefühle, die ich nicht in Worte fassen konnte. Und ich verspürte Scham. Dass war alles noch gar nicht lange her. Meine Mutter sang oft, wenn sie den Haushalt machte, und wenn sie sang, hielt ich mich von den Fotos fern. Es musste Stille herrschen.

«Sie hat ein paar Jahre in einem kleinen deutschen Dorf gelebt», erzählte mein Vater. «Bei guten Deutschen. Die gab es nämlich auch.»

Das sagte mein Vater immer, wenn er von guten Deutschen sprach: «Die gab es nämlich auch.»

«Die haben sie nach dem Krieg nach Holland zurückgebracht. Sie wussten, dass sie von dort stammt, aber nicht, dass sie niemanden mehr hat. Denn genauso war es: Sie hatte niemanden mehr.»

Meine Mutter betrat das Zimmer: «Und dann hatte sie uns.»

Sie sang die Worte beinahe. Mein Vater lachte, meine Mutter umarmte ihn und sagte erneut: «Und dann hatte sie uns.»

Mein Vater kann von einem Moment auf den anderen tief in Gedanken versinken, und wenn das länger dauert, kann er tagelang so melancholisch sein, dass er kaum noch spricht, auf fast nichts mehr reagiert. Merkt meine Mutter, dass es wieder mal soweit ist, versucht sie einzugreifen, indem sie ihn fröhlich in den Arm nimmt oder eine lustige Geschichte erzählt – meine Mutter kann alles, was sie sieht, sogar die kleinste Kleinigkeit, in eine Geschichte verwandeln, über die jeder lachen muss – nicht zuletzt, weil sie perfekt Gesichter nachahmen kann. Meist hilft das, denn ihre Fröhlichkeit ist ansteckend.

Becky war schon zehn, als ich zur Welt kam, das erste Kind meiner Eltern. Ich kannte es nicht anders, als dass Becky zu uns, zu unserer Familie gehört. Schon damals unterschrieb sie mit diesem Namen. Das sei interessanter, sagte sie später. Ihr Name klang englisch. Kamen englische Lieder im Radio, die ihr gefielen, notierte sie deren Texte in einem Heft.

Als meine Schwester geboren wurde, konnten meine Eltern das Stockwerk darunter dazu mieten. Es waren große Stockwerke. Das Haus lag an einer breiten, belebten Straße in Nijmegen. Nach hinten hinaus schauten wir auf städtische Gärten, die perfekt gepflegt waren wie fast alles in den Fünfzigerjahren, so als könnte penible Ordnung den Schlussstrich unter eine Vergangenheit ziehen, die einfach nicht vergehen wollte.

SIE SIND ALLE ALLEIN

Becky ist meine ältere Schwester, zu der ich aufschaue. Wenn ich mit ihr das Haus verlasse, fühle ich mich stark – erst recht, wenn sie den Arm um mich legt. Mir ist, als würde mein Leben dadurch aufgewertet, wichtiger.

Ich kenne niemanden, den ich so schön finde wie Becky – in meinem persönlichen Umfeld natürlich, denn selbstverständlich sehe ich in den Illustrierten bei uns in der Wohnung Frauen, die ich mir gerne anschaue, vor allem in der Paris Match, aber die kann ich nicht anfassen, die leben nicht in meiner unmittelbaren Umgebung. Aber Becky schon, und wie!

Am schönsten sind die Abende, wenn wir alle zusammen am Tisch sitzen: meine Eltern, meine kleine Schwester, ich und Becky, die Gitarre spielt und singt: englische, aber vor allem amerikanische Folksongs, die sie ausnahmslos auswendig kennt. Ich bin ungefähr acht. Becky ist achtzehn und wohnt mehr oder weniger allein im unteren Stockwerk. Sie arbeitet im Nijmeger Plattenladen in der Burchtstraat. Manchmal nimmt sie mich abends mit dorthin. Dann spielt sie mir neue Musik vor, nicht die üblichen Schlager, die alle den ganzen Tag vor sich hin pfeifen oder summen, sondern Musik von Leuten wie Johnny Cash, Pete Seeger und Joan Baez. Ich verstehe natürlich nicht viel davon, aber wenn Becky darüber spricht, doch eine ganze Menge.

Damals kommt sie eines Nachmittags in mein Zimmer, als ich gerade schreibe. Ich erfinde kurze, sehr kurze Geschichten, an die ich mich später nicht mehr erinnere. Aber ich weiß noch, dass Becky zwei oder drei liest und sagt: «Sie sind alle allein.»

Sie schaut mich an.

«Die Leute, über die du schreibst. Ich habe hier schon mal gesessen, du findest das doch hoffentlich nicht schlimm? Ich bin neugierig, was in deinem kleinen Kopf vorgeht.»

Ich kann sie beruhigen. Ich finde nichts schlimm, was Becky tut.

«Sie sind alle allein, aber nicht so, dass man Mitleid mit ihnen haben müsste.»

Nein, Mitleid hasse ich. Das ist was für dicke Mädchen.

«Sie wollen allein sein, stimmt's?», sagt Becky.

«Ja», erwidere ich. «Das ist das Wichtigste für sie. Nicht alle finden das gut.» Das ist mir auch schon aufgefallen, in der kleinen Welt, in der ich lebe: dass viele Leute ganz genau wissen, wie sich andere verhalten sollen.

«Wenn du das willst, allein sein, ist es wichtiger als irgendwo dazuzugehören.»

Ich nehme mir vor, alles aufzuschreiben, was sie sagt. Wenn ich etwas aufschreibe, verstehe ich es besser. Es wird dann auch wahr, ganz einfach weil es da steht. Selbst mich verstehe ich besser, wenn ich diese kleinen Geschichten schreibe.

In meiner Klasse gibt es Jungen, die ich manchmal besuche – nie lange, bloß kurz nach der Schule –, und die löchern ihre Eltern oder größeren Geschwister ständig mit Fragen. Ich verstehe durchaus, warum sie ihnen Fragen stellen, nämlich weil sie an den Antworten wachsen, aber ich behalte solche Fragen lieber für mich, denke darüber nach, wenn ich meine kurzen Geschichten erfinde. Niemand außer Becky darf sie lesen. Ich weiß genau, dass sie nichts Besonderes sind. Vielleicht später einmal, aber später ist weit weg. Ich darf mich mit so etwas nicht beschäftigen. Für Becky ist es bereits später, das sieht man ihr an. Und hört es ihr auch an, wenn sie mit meinen Eltern spricht.

GLÜHENDER BLICK

Becky redet nie über die Zeit, in der sie noch nicht bei meinen Eltern war, zumindest nicht, wenn ich dabei bin.

Sie hat einen Freund, einen Amerikaner, den sie erst seit kurzem kennt und nur wenige Male gesehen hat. Auch er singt und spielt Gitarre. Sie hat ihn in einer Kneipe kennengelernt, in der er aufgetreten ist, in einer Kneipe in der Unterstadt. Ich komme manchmal daran vorbei und habe ein paar Mal hineingespäht: Lauter gar nicht mal so alte Männer und Frauen, die zusammengehören, weil sie dort gemeinsam etwas trinken, rauchen, wichtige Gespräche führen und laut lachen.

Er war eine Woche auf Besuch und ging dann nach Amerika, nach New York: ein blasser, junger, etwas schlaksiger Mann mit glühendem Blick und aufmerksamen Gesten.

Jede Woche kommt ein Brief von ihm.

Ich verstehe, dass man befreundet sein kann, ohne sich oft zu sehen. Es geht nicht darum, sich zu sehen, sondern darum, dass jemand in uns steckt.

Mein Vater hat neulich gesagt, dass Gott in uns steckt, dass es Gott gibt, wenn wir daran glauben, ja dass Gott vielleicht nur eine Geschichte ist, die wir uns ausgedacht haben, aber dass auch Geschichten wahr sind. Ich verstehe ansatzweise, was er damit meint, ohne es erklären zu können.

Ich habe zurückgefragt, ob auch ein Mensch in einem stecken kann.

«Ja», meinte er. «Wenn man jemanden sehr liebt.»

Er sah mich an und merkte, dass ich mich wegen der großen Worte etwas hilflos umschaute.

«Und das beginnt damit, dass man an jemanden glaubt.»

«So, wie an Gott?»

«So, wie an Gott.»

Als ich später mit Becky den Abwasch machte – sie spülte und ich trocknete ab –, sagte ich zu ihr: «Ich glaube an dich.»

Sie hielt inne und sah mich an – nicht erstaunt, nicht belustigt, sondern mit leisem Ernst. Ich unterscheide zwischen lautem und leisem Ernst: Lauter Ernst findet sich bei Leuten, die einem etwas befehlen, «weil das so besser ist», «weil man daran wächst», «weil es nur zu deinem Besten ist» oder weil … «Jetzt tu's halt endlich!»

Leiser Ernst ist etwas anderes. Diesen Ernst saugt man förmlich auf, es ist ein Ernst, der einen aufwertet, einem wirklich etwas gibt. – Später im Leben sollte ich uns noch oft dort stehen sehen, am offenen Fenster der kleinen Küche, im orangefarbenen Schein der untergehenden Sonne. Diese beiden Sorten Ernst nannte ich damals noch nicht so, konnte sie aber genau unterscheiden. Manchmal, wenn ich leicht panisch werde – zum Beispiel wenn ich einen Raum voller Menschen betrete, Menschen, die ich kaum oder aber gut kenne und kein Wort herausbringe –, denke ich daran, wie mich Becky damals angesehen hat: Sie nickte, nahm meine Schultern und zog mich an sich, während ich dachte: Ich lass dich nie wieder los, weil ich dir das sagen konnte. Das hatte ich noch nie zu jemandem gesagt, wusste nicht mal, dass ich diese Worte in mir trug – Worte, die zu Menschen passten, die es schon deutlich länger gab als mich.

«Ja», sagt sie. «Wir kennen uns gut, ohne besonders viel voneinander zu wissen. Denn was könntest du schon über mich erzählen, wenn dich jemand danach fragen würde? Gleichzeitig wissen wir sehr viel voneinander, wenn auch auf eine andere Art. Eine viel Wichtigere vielleicht.» Sie schweigt kurz. «Eine deutlich Sinnvollere.»

Ich muss das alles gleich aufschreiben, das weiß ich genau. Das Wort «sinnvoll» muss ich unterstreichen, ich muss es verstehen.

Meine Mutter kommt in die Küche. Sie sagt, dass Peter draußen wartet – der Junge, der zwei Häuser weiter wohnt. Wir sind lose befreundet. Wenn sein großer Bruder nicht zu Hause ist, gehen wir in dessen Zimmer. Dort hortet dieser Bruder unterm Bett etwa zehn Ausgaben von *De Lach* – eine Illustrierte voller Fotos von fast nackten Frauen. Nackig ist etwas anderes als nackt, hat Peter gesagt. Es sind andere Frauen als die in der *Paris Match*. Wir betrachten sie fasziniert.

Ich habe Becky davon erzählt. «Gut, dass ich Bescheid weiß!», rief sie lachend. «Wenn ich in der Wanne liege und du angeblich aus Versehen ins Bad kommst, versteh ich wenigstens, warum.»

Als ich kurz darauf vor der Badezimmertür stand, rief Becky: «Ich weiß genau, dass du dort stehst!» Auf Zehenspitzen schlich ich davon und wagte erst in meinem Zimmer, wieder auszuatmen.

«Peter fragt, ob du noch kurz zum Fußballspielen rauskommst», sagt meine Mutter.

«Ja, mach das!», ermuntert mich Becky. «Hart schießen.»

Denn das kann ich: Hart schießen. Ansonsten kann ich nicht viel, aber wegen meiner knallharten Schüsse bin ich trotzdem beliebt. Bei der Mannschaftszusammenstellung werde ich nie als Letzter ins Team gewählt.

Peter und ich laufen zur Wiese hinterm Bahnhof. Es sind weitere acht Jungen da, von denen ich die meisten kenne. Einer von ihnen stammt aus Indonesien. Sein Bruder ist Gitarrist in einer Band, und wir sind mal zu einer Probe gegangen. Sie haben Lieder von Elvis Presley gespielt: laut, schnell und gefährlich. Dieses Wort ist mir dazu eingefallen. Und das Gefährliche sorgte für eine Unruhe, mit der ich nicht umgehen konnte, die ich aber angenehm fand.

Ich schieße zwei Tore und wünsche mir, dass Becky am Spielfeldrand steht, aber die findet Fußball «doof».

ANDERES LEBEN

Es ist Montag, der 8. Januar 1962. Vor diesem Tag fürchte ich mich schon seit langem. Es ist noch früh am Morgen. Becky wird gleich zum Bahnhof gehen. Sie will nicht, dass wir sie hinbringen.

«Das ist das erste Mal in meinem Leben, dass ich Abschied nehme», sagt sie. «Ich glaube, das kann ich nicht.»

«Vielleicht lernst du es dann nie mehr», sagt meine Mutter.

«Ist das so schlimm? Ist es schlimm, wenn man nicht Abschied nehmen kann?»

In Rotterdam wird sie das Schiff nach New York besteigen, um zu ihrem Freund zu ziehen, der dort lebt. In einem Viertel mit Kneipen und Cafés, in denen allabendlich Musiker auftreten. Vor ein paar Tagen hat sie einen Stadtplan auf dem Tisch ausgebreitet. «Hier!», zeigte sie. «Hier werde ich wohnen.» Auch sie hat Lieder geschrieben. «Vielleicht gefallen sie den Leuten dort.»

Ich fragte, warum sie nicht erst gucken will, ob sie den Leuten hier gefallen.

«Dort ist es anders, ein anderes Leben», sagte Becky.

Ich sah ihr an, dass sie nicht erklären konnte oder wollte, inwiefern das Leben dort anders war. Trotzdem fragte ich mich, wie oft im Leben ein anderes Leben anfängt. Wann fängt mein anderes Leben an? Vielleicht, wenn Becky fort ist.

Becky sitzt mir gegenüber am Tisch. Mein Vater ist schon früh gegangen, um einem Freund beim Umzug zu helfen. Meine Mutter ist traurig.

Ich kann Becky kaum ansehen. Sie ist in ihrer Welt, und ich bin in meiner, dazwischen hat sich noch eine Welt geschoben, in der ich mich verlaufe und suchend umschaue, ohne zu wissen, wonach ich Ausschau halten soll.

«Ich komme zurück», höre ich sie sagen und möchte nicht, dass sie das sagt, weil ich nicht möchte, dass sie fortgeht. Mir ist, als sähe ich sie bereits aufbrechen, mit der Reisetasche und dem Gitarrenkoffer. Es ist noch nicht mal hell.

«Ich weiß nur noch nicht wann», höre ich sie sagen.

Wenn es soweit ist, bin ich vielleicht alt genug, um mit Frauen umzugehen, so wie Männer mit Frauen umgehen. Dann ist es später, und alles ist anders. Ich kann mir vorstellen, älter zu sein. Ich kenne Fotos, auf denen Männer und Frauen auf eine Art zusammen sind, als wäre es nie anders gewesen: ein angenehmes, aufregendes Leben.

«... und dann machen wir ganz normal weiter.»

Womit machen wir weiter? Und wieso ganz normal? Becky hat bereits mehrmals gesagt, dass nichts normal ist, dass es ausschließlich an einem selbst liegt, wenn etwas doch normal ist. Normal ist langweilig. Was meint sie mit «normal weitermachen»?

«Warum sagst du nichts?», fragt sie.

Ich zucke mit den Schultern und noch während ich das tue, empfinde ich es als unheimlich kindisch, aber vielleicht ist ja auch alles kindisch an mir – jetzt wo wir einander gegenübersitzen. Vielleicht leben Mama und Papa nicht einmal mehr, wenn sie zurückkommt. Vielleicht bin ich dann in eine andere Stadt gezogen oder sogar tot, und das ist das letzte Mal, dass wir uns sehen. Der Gedanke ist mir unerträglich.

«Wenn ich was sage, muss ich bestimmt heulen», erwidere ich.

Becky ist am ersten Januar zwanzig geworden, und ich bin gerade mal neun, also im Grunde noch ein kleiner Junge. Becky geht weit weg, wird sich in einer Welt verlieren, die so groß ist, dass ich keine Vorstellung davon habe – na ja, ein bisschen vielleicht, seit ich die Abenteuer von *Tim und Struppi* verfolge, aber diese weite Welt befindet sich zwischen zwei Buchdeckeln. Beckys Welt ist so weit, dass man sich unbemerkt darin verlieren kann, und das ist eine Zukunft, die mir Angst macht. Noch nie habe ich so über die Zukunft nachgedacht.

«Zukunft», was für ein schreckliches Wort!

«Es ist nicht schlimm, wenn man heult. Wir haben doch ausgemacht, dass wir uns für fast nichts schämen müssen. Heulen ist absolut erlaubt.»

An diese Abmachung erinnere ich mich, aber nicht mehr an den Anlass dafür. Es ist, als trübte sich alles ein, als würde mit Becky das Licht aus meinem Leben verschwinden. Ich habe Glück mit meinen Eltern, aber sie sind trotzdem anders als Becky. Becky ist eine Verbündete. Meine Schwester ist vier, mit ihr kann man Spaß haben, doch wir haben kaum etwas gemeinsam. Becky ist meine eigentliche Schwester und Freundin.

«Sie ist aus dem Nichts in unser Leben geschneit», wie meine Mutter immer sagt. Und jetzt verschwindet sie im Nichts.

Sie steht auf.

«Ich geh dann mal.»

Meine Mutter steht in der Tür. Ihr Gesicht ist gerötet.

«Warum schon so früh?», fragt sie. «Das Schiff geht doch erst um vier?»

«Einen Abschied zieht man nicht in die Länge», sagt Becky.

«Auch wenn es mein erster Abschied ist, weiß ich eines ganz genau: Dass man ihn nicht in die Länge ziehen darf.»

Meine Mutter drückt sie an sich. «Ach, Kind», sagt sie. «Ach, Kind.»

Ich schaue sie an. Becky ist kein Kind mehr, aber vielleicht wird sie es für meine Mutter immer bleiben: das Kind, das aus dem Nichts kam.

Am letzten Abend, an dem sie hier am Tisch gesungen

hat, sang sie auch ein paar eigene Lieder. Ich konnte sie nicht verstehen, begriff aber trotzdem, wovon sie handelten: von der Angst, allein gelassen zu werden, das wusste ich ganz genau. Ich durfte länger aufbleiben als sonst. Es war auch ein anderer Abend als sonst, der letzte, an dem Becky hier singen würde, zumindest in nächster Zeit.

«Vielleicht wirst du dort weltberühmt und hast nie mehr Zeit, uns zu besuchen», meinte mein Vater.

Mit leisem Ernst sah Becky ihn an.

«Aber euch habe ich doch alles zu verdanken!», sagte sie. Und noch einmal: «Euch habe ich doch alles zu verdanken. Das darfst du nie mehr sagen: Dass ich nicht mehr zu euch zurückkomme – nie mehr! Das tut mir weh und zwar hier.» Sie fuhr sich mit der Hand über die Brust.

«Ach, Kind», sagt meine Mutter erneut. Und dann: «Ach so, ich habe noch etwas für dich.»

Sie geht zur Kommode und zieht die oberste Schublade auf, nimmt etwas Hellblaues heraus.

«Das habe ich von meiner Mutter zur Erstkommunion bekommen.»

Jetzt weiß ich wieder, was es ist, eine Art Heiligenmedaillon, auf der Maria abgebildet ist.

«Ich sollte es von meiner Mutter aus unter der Kleidung tragen. Aber was heißt hier *sollte*, es war kein Muss, sondern freiwillig: Maria sollte mich beschützen und mir Glück bringen. Und genau so war es auch. Ich habe so viel Glück gehabt, auch mit dir. Deshalb sollst du sie jetzt haben. Wenn du gleich auf dem Schiff bist, musst du sie dir irgendwo anstecken.» Wieder umarmen sie sich.

Dann schaut Becky zu mir, streckt die Arme nach mir aus.

Ich drücke ihre Hände, bringe kein Wort heraus. Becky küsst mich zwei Mal auf die linke Wange.

Anschließend nickt sie. Sie zieht ihren langen schwarzen Mantel an, greift nach ihrer Tasche und dem Gitarrenkoffer. Meine Mutter öffnet die Tür zur Treppe, niemand verliert noch ein Wort, Becky geht, statt ihrer kommt Kälte aus dem Treppenhaus herein.

Meine Mutter und ich schauen ihr nach, sehen zu, wie sie sich von uns entfernt.

«So ist das nun mal», sagt meine Mutter.

Ich weiß nicht, warum sie das sagt.

«Was bricht sie früh auf!», fährt sie fort. «Warum hast du sie nicht angesehen? Warum hast du nichts gesagt?»

Wieder zucke ich mit den Schultern: ein neunjähriger Junge.

«Meinst du, sie fand das schlimm?», frage ich. «Dass ich sie nicht angesehen habe?»

«Schlimm? Nein, das glaub ich nicht. Becky fand nichts an dir schlimm. Vielleicht fand sie es etwas schwierig, aber na ja, heute Morgen war alles schwierig.

Wer weiß, vielleicht ist sie ja bald wieder zurück. Wollen wir noch eine Tasse Tee trinken?

Becky nahm den Zug nach Utrecht. Dort stieg sie in den nach Rotterdam um, der kurz nach neun mit einem anderen Zug zusammenstieß, unweit der kleinen Ortschaft Harmelen.

Dreiundneunzig Menschen haben das nicht überlebt. Becky hat auch dazugehört.

Auf der Beerdigung hielt mein Vater eine Rede. Es ging um die beiden Züge, die über ihr Leben entschieden.

Meine Mutter wollte auch etwas beitragen und sagte noch einmal: «Du bist aus dem Nichts in unser Leben geschneit.» Dann musste sie sich wieder setzen. Mein Vater eilte auf sie zu und stützte sie, bis sie ihren Platz in der ersten Reihe erreicht hatte.

Ich hätte sie ansehen müssen!, dachte ich. Ich hätte etwas sagen müssen. Dann wäre sie länger geblieben.

SO LANGE WIE EIN TRAUM

«Du ziehst die Tür zu», sagt Aimee.

Morgen beim Notar übergebe ich den neuen Eigentümern die Schlüssel. Ich bin schon einmal bei ihm gewesen – ein Mann, der viel Wind macht und gerne sagt: «Das müssen wir feiern, ja das muss gefeiert werden!»

«Fällt es dir schwer?»

Ich schüttle den Kopf und ziehe die Tür zu.

Wir verlassen die Straße, Aimee und ich. Aus einer gewissen Entfernung sehe ich uns von hinten, sehe, wie ich ihre Hand nehme, und wer neben uns hergeht. Ich bilde mir natürlich bloß ein, dass ich das sehe, sehe es dann aber natürlich auch, denn so funktioniert das, so geschieht alles, was geschehen muss.

Ich sehe uns von einer Zeit in die nächste gehen, was nur Bruchteile von Sekunden dauert, vielleicht auch etwas länger, so lange wie ein Traum. So bin ich oft gegangen – nein, nicht so, in etwa so. Vage habe ich sie vor Augen – Momente, so lange wie ein Traum. Vielleicht haben sie eine solche Ähnlichkeit mit Träumen, dass sie Träume sind, Träume, die etwas offenbaren, dessen Bedeutung sich einem kaum erschließt.

Ich mag keine Straßencafés, außer sie sind klein und schattig, aber die sind bei uns rar gesät. Hier müssen sie groß und voll sein, uns regelrecht vorführen, mit jungen

Bedienungen, die ganz oft «Mein Kollege kommt gleich» sagen und das bestellte Getränk so lange auf dem Tresen stehen lassen, bis es lauwarm ist. Aimee macht das alles nichts aus, sie sitzt gerne draußen, so oft es geht.

«Wollen wir was trinken?», schlage ich vor.

«Hier in deinem alten Viertel oder im neuen?»

Immer diese Entscheidungen!

«Im Neuen», sage ich und würde am liebsten noch «in der neuen Zeit» hinterherschicken, aber für Aimee sind solche Äußerungen meist nur «wieder so eine seltsame Äußerung.»

Wir holen unsere Räder aus dem Fahrradständer an der Straßenecke und fahren schnell durch die herrliche Hitze der Stadt. Ich liebe die Geschwindigkeit, habe Lust, außer Atem in der neuen Zeit anzukommen.

DENK DOCH MAL NACH!

Als ich noch ein Kind war, sagten die Erwachsenen oft: «Denk doch mal nach, wenn du etwas tust!» Ich wusste nicht, wie das gehen soll: nachdenken, wenn man etwas tut. Wenn ich etwas tat, waren meine Kinderhände vollauf damit beschäftigt.

In meinen ersten Lebensjahren studierte mein Vater noch. Meine Mutter nahm mich oft mit nach draußen, und manchmal war Becky ebenfalls dabei. Wir machten Radtouren, besichtigten Sehenswürdigkeiten, die auch für ein Kind interessant waren, weil mein Vater dann in Ruhe arbeiten konnte. Das tat er an dem Tisch, an dem wir auch aßen. Darauf stand seine Schreibmaschine, flankiert von einem Papierstapel.

Meine Mutter war gern mit mir draußen, das war ihr deutlich anzumerken. Sie hatte auch so gute Laune, aber dann war sie noch beschwingter, so als freute sie sich, uns der Welt präsentieren zu können, Mutter und Sohn in der Zeit des Aufatmens, in den Fünfzigerjahren – am Vorabend einer neuen Zeit.

Ich fragte meine Mutter, was Papa eigentlich tat. Darauf antwortete sie: «Er schreibt auf, was er denkt.» Was sie damit meinte, wusste ich nicht – nur, dass es etwas war, das von innen kam, aus dem Innersten meines Vaters in diesem Fall, aus seinem Kopf, um genau zu sein. Woher ich das wusste, weiß ich nicht mehr, nur dass selbiges nicht aus meinem Kopf kommen konnte, denn sonst hätte ich das auch gekonnt, aber das konnte ich nicht und meine Mutter ebenso wenig.

Er schreibt auf, was er denkt.

Denk doch mal nach, wenn du etwas tust!

Das war nicht so einfach, dieses Denken.

Später sollte sich das ändern. Wenn ich so was sagen wollte wie «Ich hab gedacht ...»

«So darfst du nicht denken.»

Das bekam ich oft zu hören im Leben. Worte, die in der Regel nicht ermahnend gemeint waren, sondern ermutigend.

Als ich Fahrstunden nahm, durfte ich nach einem knappen Jahr nicht mehr in einem Auto mit Gangschaltung üben. Meine Lehrerin sagte: «Du denkst zu viel gleichzeitig. Da ist für eine Gangschaltung kein Platz mehr.» Deshalb musste ich in einem Auto mit Automatik weiterüben, «bei einem Kollegen, der sich mit Spezialfällen auskennt».

Wenn ich im Fitnessstudio eine Übung zu schnell absolviere, fragt mich der Trainer mit ernster Miene, was das eigentlich soll. «Ich hab gedacht», sage ich dann, doch der Trainer schneidet mir das Wort ab: «Da hast du falsch gedacht.»

Denken kann einem anscheinend auch negativ ausgelegt werden.

Heute Morgen dachte ich bei näherer Betrachtung meines Arbeitszimmers: Ich muss Bücher aussortieren, ich will nur noch Bücher haben, die ich auch benutze oder bei denen ich weiß, dass ich noch mal einen Blick hineinwerfen, sie vielleicht sogar erneut lesen werde. Der Rest muss weg. Ich wusste genau, was ich da tat, weil es eine Erkenntnis ist, die mich in letzter Zeit öfter überfällt, nämlich die, dass ich gern mit dem leben möchte, was bereits *da* ist.

Den Großteil meines Lebens dachte ich, dass man sein Leben so leben muss, dass man es *ändert*, verbessert, erfüllter, aufregender gestaltet. Vielleicht stimmt das auch, aber vielleicht muss irgendwann, in einem Moment, den man *eigenmächtig* bestimmt, eine *Gegen*bewegung einsetzen, sodass man sich sagt: Das ist es jetzt, damit will ich mich zufriedengeben. Das ist nicht mit Stillstand gleichzusetzen und auch nicht mit Resignation, man hat sich im Leben schließlich so einiges angeeignet, Erfahrungen gesammelt, einen ganzen Schrankkoffer voller Erinnerungen – kann das nicht alles zum eigenen Leben werden? Eine Voraussetzung dafür scheint mir allerdings zu sein, dass es übersichtlich ist, dass man mehr oder weniger weiß, woraus «Das Material» besteht.

Trotzdem hat mich dieser Entschluss überrumpelt. Vielleicht sollte man den Tag lieber nicht mit einem Entschluss beginnen, der einen überrumpelt.

Denk doch mal nach! Diese Überrumpelung fand statt,

als ich gerade etwas nicht finden konnte. Ich suchte lange danach, konnte es aber trotzdem nicht finden. Vielleicht sollte man den Tag lieber nicht mit etwas beginnen, das man nicht finden kann.

AUS EINER GEWISSEN ENTFERNUNG

In der Nacht fing es an. Ich konnte nicht schlafen. Es gibt nicht mehr viel, das mich um den Schlaf bringt, aber es reicht. Vielleicht bleibt das auch so, bis man eines Tages nicht mehr aufwacht.

Ich konnte nicht schlafen, weil ich nicht schlafen wollte. In manchen Nächten fürchte ich mich vor Träumen. Es gibt zwei, die in verschiedenen Formen und Ausprägungen auftreten.

Der Erste entstammt der Angst, dass man nur lebt, um verlassen zu werden, dass das das Leben ist: ein ständiges Verlassenwerden. Dieser Traum ist uralt. Als ich knapp drei war, wurde ich krank, Hirnhautentzündung, Kinderlähmung, Nackensteifigkeit, eine katastrophale Mischung. Im Krankenhaus kam ich in einen Glasbehälter, einen riesigen Brutkasten – immer, wenn ich ein großes Aquarium sehe, denke ich beklommen daran zurück –, und bis aufs Pflegepersonal durfte niemand zu mir. Manchmal sah ich, wie meine Eltern mir aus der Ferne zuwinkten, sie waren die einzigen, die ich kannte. Und Becky natürlich, die meine Eltern aber nie mitnahmen. Später erklärten sie mir, dass das zu unheimlich für sie gewesen sei.

Natürlich gab es auch noch andere Menschen in meinem Leben, Tanten, Onkel, Freunde meiner Eltern sowie die Kinder dieser Freunde, Tanten und Onkel, aber die bekam ich eher am Rande mit, statt sie wirklich zu kennen.

Meine Eltern kannte ich so gut, dass ich ihnen vertraute: zu ihnen *gehörte* ich – Vertrauen pur. Auf einmal war diese Verbindung gekappt. Ich sah sie in der Ferne und war mir sicher, dass sie langsam in dieser Ferne verschwinden würden.

Ich war krank, hatte nicht die paradiesische Ablenkung, die ich gewohnt war, sondern nur Gedanken, die natürlich noch keine richtigen Gedanken waren. Letzteres denke ich heute, weiß aber nicht viel darüber. Trotzdem bin ich fest davon überzeugt, dass es diese Gedanken gab. Mein Körper war nicht mehr zu viel in der Lage, die Gedanken verselbstständigten sich gewissermaßen. Sie würden ohnehin eines Tages tiefschürfender, klarer und ergiebiger werden, warum sollten sie nicht jetzt schon damit anfangen? Was ich nicht wusste, war, dass ich das Leben langsam einstellte. Meine Gedanken übernahmen dieses Leben, und ich durfte sie erleben, na ja, was heißt, ich durfte: Es war keine Gunst und kein Vergnügen. Ich dachte, meine Gedanken ließen mich denken: Das ist es also, dafür habe ich Laufen und Sprechen gelernt – zwar nur in Maßen, aber trotzdem. So ist es also und wird auch immer so bleiben.

Als ich etwas später geheilt nach Hause durfte, musste ich erneut Laufen lernen. Dafür schämte ich mich. Beim ersten Mal war es ein natürlicher Prozess gewesen, doch jetzt war ich gezwungen, ihn zu wiederholen. Ich versuchte mich zu erinnern, wie das gleich noch mal ging, aber es fiel mir nicht ein. Ungeschickt suchte ich nach den nötigen Bewegungen. Meine Eltern und Becky versuchten mir natürlich zu helfen, aber ich wollte nichts davon wissen. Auch später nicht: Ich möchte mir so wenig wie möglich helfen lassen im Leben.

Das war das erste Mal, dass ich mich von außen beobachtete, so als würde ich mir aus einer gewissen Entfernung zuschauen. Ich wollte nur weg von diesem Anblick, der meine Aufmerksamkeit einforderte.

Darüber hinaus war ich mir sicher, dass das, was mit mir passiert war, erneut passieren würde, denn so läuft das nun mal: Etwas, das passiert, passiert immer wieder – vielleicht ein wenig anders, aber es passiert. Kein einzelnes Ereignis kann sich restlos in Luft auflösen. Man darf sich auf keinen Fall einbilden, dass es *einmalig* ist. Damals begannen die Träume.

Und was ich damals geträumt habe, träume ich immer noch. Ich gehe irgendwohin, während alles, was ich sehe, verschwindet. Ich strecke die Hand nach etwas aus, das es nicht gibt, nach jemandem, der sich verängstigt, wütend oder höhnisch entzieht, *ganz langsam*, um den Ernst noch zu betonen. Ich weiß, dass ich die Hand vergeblich nach irgendwas oder irgendwem ausstrecke, aber mir bleibt nichts anderes als diese Vergeblichkeit.

Es gibt Tausende Varianten von diesen Träumen, und

ich kenne sie alle, auch wenn es längst nicht alle sind und ich noch mehr kennenlernen werde. Deshalb will ich manchmal nicht schlafen. Ich weiß meist schon am Abend oder sogar noch früher, dass der Traum kommen wird. Er ist bereits gegenwärtig und zerrt an mir. Ich bin oft unsicher, aber dann macht sich meine Unsicherheit erst recht bemerkbar. In solchen Fällen bin ich am liebsten allein, in Gesellschaft denke ich vor allem darüber nach, wie ich dem Gespräch möglichst wenig schaden kann, weshalb ich schweige. Daraufhin sagt immer irgendjemand:

«Warum bist du so still?» Verzweifelt suche ich nach einer Antwort – nach einer Antwort, die nach Möglichkeit weder dramatisch noch lächerlich klingt.

Ich weiß dann nicht, wie ich dazugehören soll. Darüber möchte ich nicht zu lange nachdenken, denn dann ist mir, als würde das Leben um mich herum verschwinden, als hätte es nie eine Verbindung zwischen dem Leben und mir gegeben, als wäre das Vertrauen, das ich darauf haben muss, seltsam abstrakt.

Ständig muss ich eine Geschichte aus allem machen: Ich verteile die Rollen, ich bestimme die Umstände. Und auch das Ende, aber ich möchte so wenig wie möglich enden lassen, weil ich dann wieder von vorn beginnen muss.

Ich weiß nicht, wie das geht, dazugehören.

SIE HABEN GELACHT

Seit kurzem bin ich fünfzehn. Wir schreiben die zweite Dezemberhälfte. Der Winter hat dieses Jahr früh begonnen, das weiße Licht wirkt erdrückend.

Ich bin bei Emmy Holwert, die allein zu Hause ist. Das wusste ich schon im Vorfeld, weil sie es erzählt hat, als sie mich fragte, ob ich sie besuchen wolle – an einem Nachmittag in der Woche, in der ich fünfzehn wurde: «Ich bin dann allein zu Hause. Meine Eltern sind für zwei Tage zu meinem Großvater mütterlicherseits gefahren, denn der ist krank.»

Ich stolpere über das *Ich bin dann allein zu Hause*. Sie erzählt noch etwas über die Krankheit ihres Opas, aber wenn es um Krankheiten geht, kann ich mich meist nicht konzentrieren und jetzt erst recht nicht, weil sie *Ich bin dann allein zu Hause* gesagt hat.

Noch nie bin ich mit einem Mädchen allein zu Hause gewesen.

Ich kann mich zumindest nicht daran erinnern. Vielleicht ist es doch mal vorgekommen, aber zum damaligen Zeitpunkt hat es noch keine Rolle gespielt. Oder aber ich weiß nicht mehr, ob es eine Rolle gespielt hat, weil ich damals noch zu klein war, um zu verstehen, was eine Rolle spielt und was nicht.

Emmy Holwert weiß, dass ich sie schön finde. Das habe ich ihr vor ein paar Wochen gesagt, warum auch nicht. Aber als ich es sagte, schien es unangebracht zu sein. An Emmy merkte ich das nicht, die machte bloß ein erstauntes Gesicht und lachte verlegen. Die umstehenden Klassenkameraden brachen allerdings in lautes Gelächter aus. Da fragte ich den Jungen neben mir, der in der Schule auch neben mir saß – er mochte laute amerikanische Rockmusik, die ich auch gut fand –, was eigentlich los sei.

«Mensch, so was sagt man nicht, das ist Gesülze.»

Emmy wurde von ihren Mitschülern fortgezogen, die nach wie vor komisch lachten. Emmy ließ sich fortziehen, sah sich aber noch einmal um. Sie lachte, aber anders als ihre Klassenkameraden, es war nicht dieses laute, schrecklich sichtbare Lachen.

Wie hatte ich mich gleich noch ausgedrückt?

Ach so, ja: «Du sollst wissen, dass ich dich sehr schön finde. Und oft daran denke.»

So darf man nicht denken!

Zu Hause erzählte ich meiner Mutter, was ich zu Emmy Holwert gesagt hatte.

«Ist das schlimm?», fragte ich.

Meine Mutter zog ebenso charmant wie zielstrebig eine Zigarette aus der zerdrückten silbernen Packung und lächelte geheimnisvoll. Dabei pflegte sie ein wenig den Kopf zu neigen, mich aber weiterhin anzusehen.

«Natürlich ist das nicht schlimm», sagte sie. «Was du da sagst, ist wunderschön! Und aufrichtig. Emmy hört das bestimmt gern, aber manche Leute macht es ein bisschen verlegen, vor allem wenn sie noch jung sind. Aber schlimm ist es nicht.»

«Sie haben gelacht.»

«Wer hat gelacht?»

«Alle.»

«Alle? Auch Emmy?»

«Ja, aber anders als die anderen.»

«Natürlich lacht Emmy nicht so wie die anderen. Wie gesagt, du hast etwas Wunderschönes ausgesprochen. Du stehst für etwas ein, das dir wichtig ist. Denn darum geht es vor allem im Leben: Dass man für etwas einsteht, das einem wichtig ist. Das ist nie schlimm. Die anderen mögen es schlimm finden, aber für dich ist es nicht schlimm. Hättest du es nicht gesagt, würdest du lügen oder etwas verschweigen – und das wäre wirklich schlimm!»

Sie zündet sich die Zigarette an, inhaliert langsam und ausgiebig, während sie mich dabei nach wie vor mit geneigtem Kopf ansieht, als teilten wir ein Geheimnis. Oft empfinde ich meine Mutter als unglaublich jung, so als wäre sie kaum älter als ich.

«Die anderen, die über dich gelacht haben, lachen, weil du etwas gesagt hast, das sie sich nicht trauen. Es ist nämlich folgendermaßen: Wenn du sagst, was dir wichtig ist und damit der Einzige bist, merken die Leute in deinem Umfeld, dass sie so etwas nicht sagen, weil sie sich nicht trauen.»

Jetzt steht sie auf, geht zum Fenster und stemmt eine Hand in die Seite. Mit der anderen hält sie die Zigarette.

«Lass sie ruhig lachen! Sie lachen nicht über dich, sie lachen sich selbst aus.»

Ich frage Emmy danach, als sie mir aufmacht. Sie wohnt in einem schmalen, hohen Haus am Stadtrand. Die Wände sind kalkweiß gestrichen, die Holzpaneele hellgrün – in dem Hellgrün, das an alte Leute erinnert. Es besitzt eine geheimnisvolle Ausstrahlung. Geheimnisvolles entdecke ich oft in meiner kleinen Welt, und schlimm finde ich das nie – im Gegenteil! Alles scheint voller und gleichzeitig leerer dadurch zu werden, es ist, als ob diese Leere voll wäre, weil sie alles Mögliche enthält, von dem wir keine Ahnung haben. Es ist ein Haus, das zu einem dieser stillen Filme passt, in denen die Leute Schwierigkeiten haben sich zu verstehen, und in denen oft Vögel zu sehen sind, die Erkundungsflüge unternehmen – einer von den Filmen, bei denen es letztlich nicht auf das ankommt, worauf die Handlung hinausläuft, sondern auf das, was ist – irgendwo am Rande unseres Denkens.

Damals hatte ich natürlich noch keines dieser Worte für das, was mich gerade beschäftigte, aber ich erinnere mich noch so gut an diese Szene, als hätte sie sich gerade erst abgespielt. Es ist auch nicht so, dass sie abgeschlossen wäre. Ich glaube, dass alles, was passiert ist, nach wie vor passiert.

Ich frage Emmy danach, als sie mir aufmacht: «Fandst du das schlimm?»

Als ich mir vornahm, sie das zu fragen, fand ich, dass sie nicht zurückfragen darf, «Was denn?» oder noch schlimmer «Was meinst du damit?» Nein, sie soll mir nur diese simple Frage beantworten, eine einfache Frage in einfachen Worten.

«Natürlich nicht.»

Zum Glück nicht: *Natürlich nicht, du Dummkopf!*

«Ich musste das einfach sagen», erkläre ich.

«Ja. Los, komm rein.»

Sie schaut mich einladend an, freundlich, vielleicht sogar erleichtert, weil ich nicht lang herumdruckse, wegen dem, was ich gesagt habe. Weil ich verlegen bin, schaue ich nicht sie an, sondern ihre Beine unter dem kurzen knallgelben Rock. Sie spielt Hockey. Ich nicht, aber ich kann sehen, was das mit Beinen anstellt: Es sind gebräunte Beine, die Tempo ausstrahlen und Wärme. Sie verströmen vermutlich auch einen Geruch – diesen Salzgeruch, den man nur an heißen Tagen riecht. Ihre Eltern besitzen ein Haus in Spanien.

Ich finde das extrem beeindruckend: ein Haus in Spanien!

Wir gehen ins Wohnzimmer, das viel größer ist als man das bei diesem schmalen Haus vermuten würde. Ich kann mich schlecht umsehen, es ist einfach zu viel und auch alles viel zu schön.

Bei uns zu Hause ist es auch sehr schön, aber anders – irgendwie aufregender. Zum Freundeskreis meiner Eltern gehören einige Maler. Meine Eltern bekommen oft Bilder geschenkt, mehr als sie aufhängen können. Sie hängen vor allem Bilder auf, die viel Bewegung und viel Blau enthalten. Deshalb geht es bei uns zu Hause ziemlich lebhaft zu, aber das gefällt mir, ich habe das Gefühl, dass ich mich zu dem bewege, was die Freunde meiner Eltern geschaffen haben und worüber sie auf eine Art sprechen, die ich nirgendwo sonst höre.

Oft stehe ich vor einem Bild und weiß, wer es gemacht hat – auch dass es niemand sonst machen kann – zumindest nicht so, und dass es mit nichts sonst Ähnlichkeit aufweist, dass es bis vor kurzem noch nicht gegeben hat, und der Freund meiner Eltern damals dachte: Das mach ich jetzt! Ich finde das sensationell. Dass so etwas möglich ist, stimmt mich fröhlich, ja optimistisch: Es kann nach wie vor etwas entstehen, das es vorher noch nicht gab, etwas von Bedeutung, von einer noch nie dagewesenen Schönheit.

Ich gehe ans andere Ende des Wohnzimmers, zum Wintergarten. Der Garten ist von Bäumen gesäumt, denen man ansieht, wie dicht ihr Laub im Sommer gewesen ist. Es gibt einen kleinen Teich, daneben steht eine Liege. Auf der Liege türmen sich Zeitschriften. Wer liegt jetzt noch auf einer Liege? Und wer liest dort Zeitschriften? Der Garten ist von Reglosigkeit erfüllt.

«Habt ihr einen Garten?», fragt Emmy. Sie redet leise, als würde sie über etwas sprechen, über das sie eigentlich nicht sprechen darf.

«Keinen so großen», sage ich. Wir sind erst vor kurzem umgezogen. Ich habe mich immer noch nicht daran gewöhnt, dass wir jetzt einen Garten haben. Worüber sollen wir uns unterhalten? Es kann schließlich nicht die ganze Zeit um Gärten gehen. Wie lange kann ich bleiben? Emmy stellt sich dicht vor mich hin, ich traue mich kaum, mich zu bewegen und das hasse ich.

«Meine Mutter redet manchmal mit deiner Mutter», sagt sie nach wie vor leise. «Deine Mutter hat gesagt, dass du lieber allein bist.»

«Hat sie das?» Warum frage ich das? Natürlich hat sie das, sonst würde Emmy nicht davon reden, sonst hätte ihr ihre Mutter nicht davon erzählt. Ich bin auch lieber allein, weil ich es so anstrengend finde, mich mit anderen zu unterhalten. Es ist, als müsste ich mir jedes Wort abringen, und selbst dann bleibt es noch stecken, sodass ich es nur halb herausbringe. «Du musst lauter reden!», heißt es dann.

«Weil du so sensibel bist», sagt Emmy. «Deshalb bist du gern allein.»

Sie schaut mich an. Das hat sie auch schon getan, als sie das gerade erwähnt hat, aber jetzt schaut sie anders. Und das gibt mir mehr zu denken als ihre Worte, die ich außerdem schon kenne, weil meine Mutter mir oft sagt, dass ich so sensibel bin – so oft, als würde sie es gerne sagen. Aber so oft muss ich es dann auch wieder nicht hören. Emmy schaut mich mit freundlicher Traurigkeit an. Ja, genau so. Und besorgt, das auch.

«Ich kenne das», sagt sie. «Aber meine Mutter sagt, dass man aus zwei Menschen besteht: Man ist, wie man ist, aber auch was man tut.»

Wir haben kluge Mütter, und ich verstehe, was ihre damit sagen will: Auf's Tun kommt es an.

Warum kann ich dem, was sie sagt, nichts hinzufügen? Sie hat meine Hand genommen, sie drückt sie nicht – es ist kaum mehr als eine leise Berührung.

Bei uns in der Klasse gibt es einen Jungen, der ständig «geil» sagt. Er verkündet nicht nur andauernd, dass er es ist, sondern ruft auch «Geiler Morgen!», wenn er das Klassenzimmer in Abwesenheit des Lehrers betritt und «Bis geil!», wenn er geht. Eine Schularbeit ist Geilarbeit. Wir haben gerade damit angefangen, Homer durchzunehmen. Er nennt den Helden Geilysseus. Und seinen Verfasser natürlich Geilerus. Seine bloße Anwesenheit sorgt dafür, dass man darüber nachdenkt, was geil ist. Ich fühle mich manchmal so, wenn ich allein bin. In einer schmalen Zigarrenkiste bewahre ich Bilder auf, die ich aus Zeitschiften herausgerissen habe. Die Hauptrolle spielt eine Frau aus Tahiti, sie gehört zu einem Artikel über den Film *Meuterei auf der Bounty*. Man sieht nur ihren nackten Rücken. Und jemanden, der sie betrachtet. Manchmal bin ich das. Sie muss ein sympathisches Gesicht haben.

Auch jetzt, wo Emmy meine Hand kaum festhält, fühle ich mich so.

«Was man tut, muss man lernen, sagt meine Mutter», erklärt Emmy. «Doch auch wie man ist, geschieht nicht ohne eigenes Zutun. Ich konnte mir das erst nicht merken und hab's mir aufgeschrieben. Ich besitze ein eigenes Heft dafür. Ich zeig's dir gleich.»

«Ich auch», sage ich.

Endlich kann ich etwas beisteuern, ein Notizbuch mit einem glänzend blauen Einband. Ich habe es diese Woche von meinen Eltern zum Geburtstag bekommen. Und eine Platte von den Doors. Ein Bruder meiner Mutter hat bei uns übernachtet, Onkel Cees. Der hat meiner Mutter gesagt, dass sie mir nicht solchen «Krawall» schenken soll. Mit dem Notizbuch konnte er auch nichts anfangen. «Er ist auch so schon frühreif genug!» Frühreif. Vielleicht bin ich das tatsächlich. Und Emmy auch. Daran wie man ist, kann man etwas tun. Nur wie? Doch darüber kann ich natürlich schlecht reden. Das macht man nicht, wenn man mit einem Mädchen allein zu Hause ist.

«Ich schreib da auch so Sachen rein», sage ich frühreif.

Das dürfte genügen, jetzt muss ich sie küssen, auf jeden Fall etwas tun, das mich diesem Ziel näherbringt, ich muss etwas aus meinem Leben machen, statt es einfach bloß zu leben.

«Ich finde dich wirklich schön», sage ich. «Wirklich sehr schön.»

Emmy greift jetzt auch nach meiner anderen Hand und schwingt sie sanft hin und her.

«Was findest du denn so schön?»

«Alles.»

«Alles?»

«Ja.»

Mir schlägt das Herz bis zum Hals. Ich habe Angst, dass alles, was jetzt ist, vorbeigeht. Vielleicht schon allein dadurch, dass ich darüber nachdenke, vielleicht habe ich längst alles vermasselt.

«Hast du schon mal …?» Wieder redet sie leise.

Ich schüttle den Kopf, während ich versuche zu verhindern, dass das ängstlich rüberkommt. Ich beuge mich zu ihr, und sie geht auf die Zehenspitzen, ganz so, als würde sie gleich abheben, als würde ich sie aus ihrem Leben pflücken und meinem hinzufügen, wir küssen uns begierig. Es ist mein erstes Mal, ich weiß, wie es geht, aber nicht, woher ich das weiß. Als unsere Münder sich voneinander lösen, sagt Emmy: «Schön.» Wieder küssen wir uns.

«Sollen wir auf mein Zimmer gehen?»

Wir gehen nach oben, ich mit zittrigen Beinen, ohne zu zittern. Auf der Treppe riecht es süßlich und oben noch süßlicher – ein Duft aus dem Bad, dessen Tür offensteht: warme Sommerblumen.

In Emmys Zimmer ist alles rot, sogar das Fenster ist von einer hellroten Plastikfolie bedeckt. Die Farbe springt mich förmlich an, auf einmal ist mir furchtbar warm und ich werde ganz nervös von meiner eigenen Wärme.

Wieder küssen wir uns, dabei zieht mir Emmy meine schwarze Jacke aus – fast schon unwirsch, als würde diese Jacke nur für unnötige Zeitverschwendung sorgen. Danach tut sie alles gleichzeitig, mein Hemd aufknöpfen, ihr T-Shirt ausziehen ...

Sie zerrt an meinem Gürtel, und da taucht etwas auf, das ich nicht ertrage, der Gedanke, dass ich gleich nichts mit ihr anfangen kann. Nicht, dass ich mich nicht traue, ich kann es einfach nicht, ich lasse etwas los, das ich nicht loslassen darf. Ich darf nicht zu ihr gehören – auch nicht, wenn es gleich wieder vorbei ist.

Sanft stoße ich sie von mir. Sie schaut mich erstaunt an und lacht. Das ist geil, da bin ich mir sicher: Emmy macht ein geiles Gesicht, ihr Mund steht leicht offen, auf ihrer Unterlippe glänzt Spucke. Ich bin auch geil, weiß aber nicht, wie ich damit umgehen soll. Ich kann nur noch schreien, dass ich weg muss, dringend weg muss, aber ich will nicht schreien, ich muss den Mund halten. Ich ziehe sie an mich, küsse sie aufs Ohr, stecke kurz meine Zunge hinein und sage dann, dass es mir leid tut, dass es mir so leid tut. Ich lasse sie los, bücke mich, nehme meine Jacke, mein Hemd und renne zur Tür, in den Flur, die Treppe hinunter durch den süßen Duft. Ich stolpere, ich falle und spüre ein schmerzhaftes Stechen im Knie. Zur Tür, Tür auf ... anschließend knalle ich sie laut hinter mir zu.

Ich stehe im Vorgarten und ziehe mein Hemd an. Die Jacke lege ich über den Arm. Es ist Dezember, es ist kalt. Ich hole tief Luft und halte sie so lange an, bis ich den Garten verlassen habe. Dann drehe ich mich um und schlüpfe in meine Jacke, ich zittere vor Kälte und bin mir sicher, dass es immer so sein wird: Ständig muss ich von allem und allen fort, es ist kein normales Fortgehen, ich taumle von überall weg, während sich meine Gedanken nur so überschlagen.

Vielleicht hätte Becky mir beibringen können, wie das geht: Dazugehören. Meine Eltern waren nicht ihre Eltern, gleichzeitig aber doch.

Ich renne durch Nijmegen-Ost, vorbei an all den vornehmen Häusern mit den kostbaren Annehmlichkeiten, dem freundlichen Dämmerlicht, der Aufmerksamkeit füreinander. Ich renne bis zu unserem Haus am Stadtrand, wo mich meine Mutter fragt, was mit mir los ist. Sie bemüht sich, das so beiläufig wie möglich zu tun.

«Nichts», sage ich. «Gar nichts.»

Sie darf mich das nicht fragen, aber ich finde es nicht schlimm, dass sie es trotzdem tut.

MITREISSEND FRÖHLICH

Der andere Traum kam erst später dazu. Bei diesem Traum stehe nicht ich im Mittelpunkt, sondern Lin Mitchell. Nur sie kommt darin vor, ich bin nie bei ihr. Niemand ist bei ihr. Genau das ist der Traum: Dass niemand bei ihr ist. Als ich sie kennenlernte, war sie fröhlich, mitreißend fröhlich. Ihre Fröhlichkeit war einfach ansteckend – eine Fröhlichkeit, die lange in mir gesteckt hat.

Ich dachte an Lin, und aus der Person wurde ein Gedanke, der mich gnadenlos verfolgte, meinen Traum ganz furchtbar beherrschte. Nicht nur den Traum, sondern den gesamten nächsten Tag. Manchmal sogar die darauf folgenden Tage, vor allem wenn ich wieder von Lin träumte.

Mit den Träumen, in denen ich verlassen werde, konnte ich besser umgehen. Die konnte ich bereits in den ersten Stunden des neuen Tages abschütteln. Nicht zuletzt, weil ich diese Träume verstand, verstand, warum ich sie hatte.

Von den Träumen mit Lin verstand ich nicht viel. Und gleichzeitig alles. Zum Beispiel verstehe ich, warum ich mich ständig schuldig fühle, auch wenn ich gar keinen Grund dazu habe; aber meist gibt es doch irgendeinen Grund, sodass ich mich in meiner näheren und weiteren Umgebung für alles und jeden verantwortlich fühle. Wenn etwas schief geht, wenn Menschen, die an meinem Tisch sitzen, nicht miteinander ins Gespräch kommen, wenn eine beschämende Nachricht in der Zeitung steht, wenn ein Mann auf der Straße seinen Hund tritt, weil der nicht schnell genug geht, wenn ich jemanden weinen sehe, ist das alles meine Schuld. Vermutlich, weil ich es mir nicht gestatte, mich meiner großen Schuld zu stellen.

Ich weiß noch, dass wir früher beim verordneten Kirchgang ein Gebet aufsagen mussten, in dem die Worte *große Schuld* vorkamen: *durch meine Schuld, durch meine Schuld, durch meine große Schuld*. Ich kannte die Bedeutung dieser Worte nicht, dafür musste ich erst älter werden. Aber diese Schuld wurde bei mir zu einer echten Macke, zu einer Riesenmacke, aber auch zu Geschichten, Romanen, Theaterstücken, so als könnte ich die Wahrheit dieser Schuld damit verdrängen, die Wahrheit hinter etwas Selbsterfundenem verstecken. Ich kenne diese Wahrheit übrigens gar nicht. Manchmal fühlt sie sich an, als wäre sie in Geschichten aufgegangen. In diesen Geschichten passiert, was aus meiner Sicht passieren muss, in diesen Geschichten gebe ich Dingen Raum, die mir passieren könnten.

Ich liebe den Abend und die Nacht, denn dann passiert am meisten. Oder etwas beginnt. Manchmal nimmt es nur seinen Anfang, manchmal genügt das schon. So laufe ich zum Beispiel durch eine schmale, von der Abendsonne schwach beschienenen Straße. Es gibt da ein kleines Café, ich weiß, dass es dort ist, mit nur zwei Tischchen im Freien, kein richtiges Straßencafé. Dort sehe ich eine Frau sitzen, die in einem Buch liest, ich brauche gar nicht näher heranzugehen, um zu sehen, wer das ist. Aus dem Café kommt «Der Sommer» von Vivaldi, Musik, die ich schon mein ganzes Leben kenne, aber jetzt zum ersten Mal zu hören scheine. Becky schaut von ihrem Buch auf und lacht. Sie ist kaum gealtert und bedeutet mir, Platz zu nehmen. Ich kann nur noch über Schuld reden, über meine Schuld, meine große Schuld. Sie schüttelt den Kopf und lacht, legt ihre Hand auf die meine – eine zärtliche Geste, mit der ich meinen Lebensweg fortsetze.

DER TRÄGE, GLÜCKLICHE RHYTHMUS

Am frühen Morgen wird ein paar Häuser weiter ein Gerüst aufgebaut. Malerarbeiten, verbunden mit Umbaumaßnahmen – ich wusste es! «Gib mir Bescheid, wenn ich dich beruhigen soll», hat Aimee noch lachend gesagt. Die Nachbarin hatte es bereits leicht nervös angekündigt, nicht ohne zu erwähnen, dass wir nicht umsonst in einer der schönsten Straßen Amsterdams wohnen, das habe neulich in der Lokalzeitung gestanden. «Und das muss dann natürlich auch alles instandgehalten werden.»

Gerüstbauer machen gerne Lärm, es ist *ihr* Morgen, ihr Spezialgebiet. Sie drehen auch gleich das Radio auf, und wenn ich damit ein Problem habe, bin ich schlichtweg überempfindlich. Dieses Radio bringt allerdings etwas Bemerkenswertes, nicht diesen aggressiv machenden Schlagerbrei, sondern ein Lied von Bob Dylan – nicht irgendein Lied, sondern das mitreißende «Señor»: *Señor, señor, do you know where she is hidin'? How long are we gonna be riding?*

Die Worte ziehen sich seltsam elegant durch die leere, im Morgenlicht glänzende Straße. So kann unerwartet das Glück Einzug halten.

Es handelt sich allerdings um eine Verwechslung, denn der Sender wird abrupt weggedrückt, um einem anderen zu weichen, und schon heißt es wieder: Wo bist du nur geblie-hie-ben, wieso bist du fo-hort von mir? Würde man von Holland nichts als holländische Schlager kennen, wüsste man sofort, dass es ein Land ist, das regelrecht ertrinkt in Tränenfluten, weshalb viele Wohnzimmer, Straßen und Plätze ein einziger Morast sind.

Aber ich habe «Señor» gehört – das Lied aus dem Sommer, in dem ich frisch verliebt war und mich meine neue Liebe von meiner Geburtsstadt befreit hat. Ich hatte noch mehrere Jahre dort studiert, ohne wirklich zu studieren, denn das war streng verboten, dafür war die Uni nicht da.

Ich landete in Arnheim, in einem Arbeiterviertel, in einer Etagenwohnung, die ich nie mehr verlassen wollte. Dort hörte ich in den ersten Tagen oft den neuen Dylan, denn den hatte sie gekauft – Klaske, die neue Liebe. Vor allem an den Sommerabenden bekam ich etwas zurück, das ich in den Jahren davor verloren hatte: Freiraum, Gelassenheit. Ich saß im Garten hinterm Haus und trank kaltes Bier, während Dylan aus dem Haus schallte. «Señor» passte perfekt zu dem trägen, glücklichen Rhythmus dieser Abende.

Dabei denke ich natürlich auch an Bart Winters, weil es sein Lieblingslied war. Manchmal rief er an, um eine Strophe oder Zeile in ein ganz neues Licht zu rücken. Bei seinem Trauergottesdienst ist es auch gespielt worden, aber da konnte ich nicht hinhören, weil ich es nicht mit

Bart hörte und wusste, dass es nie wieder dazu kommen würde.

Beim Gedanken an Bart fällt mir ein Brief ein, den er mir geschickt hat kurz bevor er krank wurde und auf Anhieb wusste, dass es böse enden würde, ohne dass er viel Worte darüber verloren hätte. In diesem Brief schrieb er: «Es geht nicht um die Wirklichkeit, sondern um die Wahrheit.» Ich glaube, der Anlass war ein Brief eines seiner Leser, der wissen wollte, ob sich eine Geschichte wirklich so zugetragen hatte. Aber der Anlass kann genauso gut «Señor» gewesen sein.

Ich bewahre seine Briefe in einer Mappe auf, aber den hier habe ich in ein Buch gelegt, da bin ich mir ganz sicher (ich sehe es ganz konkret vor mir, manchmal kann ich Erinnerungen sehen, mich selbst in der Vergangenheit von außen betrachten), vermutlich in eines von Kafkas Tagebüchern, aber dort finde ich ihn nicht, auch nicht in einem Roman von Nabokov oder Borges. Da weiß ich, dass es sinnlos ist, weiter danach zu suchen und verlasse mich lieber auf den Zufall. Außerdem kann ich den Satz, um den es in diesem Brief ging, ohnehin auswendig «Es geht nicht um die Wirklichkeit, sondern um die Wahrheit.»

Als mein erstes Buch erschien, sagte er, dass ziemlich viel Wirklichkeit darin vorkommt, und dass ich aus dem, was für mich die Wahrheit ist, Wirklichkeit machen soll.

In der Stille meines Arbeitszimmers spreche ich manchmal mit ihm. Jetzt herrscht dort keine vollkommene Stille, denn draußen in der Ferne höre ich das Radio, aber es ist, als gäbe es eine Wand zwischen diesem Lärm und der hiesigen Stille.

«Ich bin soweit, Bart, immer schon natürlich, aber jetzt mehr denn je», sage ich.

Ich sage das, weil ich mich gegen Träume gewehrt habe.

Wir haben oft Träume erfunden, die wir uns zuschickten, aber in diesen Träumen verarbeiteten wir unsere Wirklichkeit – und das im wahrsten Sinne des Wortes, weil wir damit umsprangen, wie es uns gefiel. Ganz anders meine tatsächlichen Träume: Die springen mit mir um, wie es ihnen gefällt.

Es geht nicht um die Wirklichkeit, sondern um die Wahrheit. Vielleicht klingt das alles reichlich vage und sagt nicht so viel aus, wie man meinen könnte, aber uns hat es enorm geholfen bei unseren Überlegungen, Gesprächen und Büchern.

Was wir uns ausdenken – was ich mir ausdenke – ist auch wahr, eben *weil* es ausgedacht ist. Wenn ich jemandem erzähle, was ich erlebt habe, weiß ich oft nicht, was ich erfunden habe, und was wirklich passiert ist. Aber was ich erfunden habe, ist natürlich auch passiert.

Ich schaue mich in meinem Arbeitszimmer um. Gleich werde ich ein paar Umzugskartons holen. Ich bin mir sicher, dass Barts Brief in keinem der Bücher steckt, die ich aussortieren werde, sondern in einem, das mir noch wichtig ist. Denn darum geht es letztendlich, um alles, was noch wichtig ist, was zu den Dingen gehört, die ich verstehe und noch verstehen will.

Eine Auswahl aus meinen Büchern zu treffen, ist gar nicht so schwer, wie ich geglaubt habe, sie sind Erinnerungen, die ich loslassen kann. Bei vielen weiß ich noch, unter welchen Umständen ich sie erworben habe, wo genau, wie das Wetter war und wo ich die erste Seite aufgeschlagen habe. Bei vielen weiß ich noch, von wem ich sie bekommen habe, sehe ihr oder sein Gesicht in besagtem Moment vor mir – bruchstückhafte Erinnerungen an die Unterhaltung, die wir damals geführt haben. Bei vielen weiß ich noch, wo sie genau gelegen sind, in welchen Wohnungen, Hotelzimmern und Straßencafés, an welchen Stränden und in welchen Händen ich sie gesehen habe. Ich schreite die Fassaden meines Lebens ab, laufe über Boulevards, durch Außenbezirke und Straßen von Städten, die ich noch erkunden muss, über schmale Gebirgspfade. Manchmal liegt meine Hand in einer anderen Hand, mein Arm um eine Schulter – voller Erwartung, voller Verlangen, oft voller Angst, alles könnte gleich wieder vorbei sein, lachend, schweigend, ausgelassen.

Bei wem halte ich in meinem Arbeitszimmer inne?

Bei den bruchstückhaften Erinnerungen an Menschen, die mir etwas bedeutet haben. Was diese Bedeutung war und ist, habe ich auf meinen weiteren Lebensweg mitgenommen, verbinde sie aber kaum noch mit früher, mit den Menschen, mit denen ich damals zu tun hatte.

Bei wem halte ich inne?

FRÜHER WINTERWIND

Zwei Menschen haben mir ein Buch von Camus geschenkt. Mein Vater und Julie Prinsen, die ich im ersten Semester meines Literaturstudiums kennenlernte.

An meinem Geburtstag sollte ich bei ihr übernachten, es war ein kühler Dezembertag. Das Institut für Niederlandistik war für besetzt erklärt worden, und Julie und ich waren in der Innenstadt in eine Kneipe gegangen. Es war halb elf.

«Normalerweise fang ich nie so früh an», sagte ich.

«Du musst dich nicht entschuldigen», erwiderte Julie. «Ich bin mit einem Vater aufgewachsen, der Trinker war. So gesehen bin ich einiges gewöhnt. Du brauchst dich also nicht dafür zu entschuldigen.»

Später denke ich an diese Worte zurück. Ich höre das öfter, weil ich jemand bin, der sich schnell entschuldigt – natürlich weil ich ernsthaft glaube, dass *alles* meine Schuld ist. Auch damals schon. Nicht so wie später, aber doch.

Julie sagt sie an diesem Vormittag, an dem die Kälte durch Nijmegens Straßen jagt, und zwar dermaßen ernst, dass sie mir unvergesslich geblieben sind. Es ist ein Ernst, der etwas mit Glauben zu tun hat – es gibt Dinge, an die man ganz fest glauben muss, an die man lernen muss zu glauben.

An dem Nachmittag, an dem wir zu ihr nach Hause

gehen, betritt sie ein modernes Antiquariat, und ich muss vor dem Schaufenster warten. Das ganze Schaufenster ist mit Büchern eines niederländischen Schriftstellers bestückt, den fast jeder einen «gefürchteten» Autor nennt – ein Wort, über das ich mit Bart herzlich lachen kann: «Der Mann ist gefürchtet. Das sollte man sich mal als Lebensziel setzen! Und alle plappern brav nach, was gesagt wird, wenn die Sprache auf ihn kommt. Oje, ist der gefürchtet!»

Julie kommt mit einer braunen Tüte wieder heraus. Darin befindet sich *La peste* von Camus.

«Oder liest du nicht auf Französisch? Wenn ja, brauchst du dich nicht zu entschuldigen!» Sie lacht.

«Wenn ich erst mal reingekommen bin, klappt es eigentlich ganz gut.»

«Das ist bei allem so.» Julie packt meine Taille.

«Entschuldige», sage ich.

«Jetzt machst du's schon wieder.»

Wir gehen in die alte Unterstadt, nehmen eine Straße zum Fluss. Ganz am Ende wohnt Julie, in einem Zimmer über einer Druckerei. Ich war noch nie hier, aber Hans Fontein schon. Er hat erzählt, dass es ziemlich speziell ist. Ich wollte wissen, warum, aber Hans meinte, ich bekomme es bestimmt auch irgendwann zu Gesicht und werde schon sehen.

Hans hat bestimmt was mit Julie gehabt. Frauen finden ihn geheimnisvoll und ziemlich unnahbar, was als attraktiv gilt. Wir reden nicht groß darüber, wissen aber Bescheid.

Wenn wir uns treffen, Hans und ich, legen wir vor allem Filmmusik auf und diskutieren über Phänomene, über die wir irgendwann mal ein gemeinsames Buch schreiben werden – zum Beispiel über die Unvereinbarkeit von Sex und Humor oder über die äußerst angenehme Kombination von Spannung und Vorhersehbarkeit, wie man sie in Filmen von *Dick und Doof* oder im Verhalten von Kapitän Haddock in *Tim und Struppi* antrifft.

Ich weiß jetzt, was Hans meint. Es ist ein großes Zimmer mit Erker, in den ihr Bett hineinragt. Ansonsten gibt es noch einen Schreibtisch und zwei alte Sessel. Das Besondere ist die Wand über dem Schreibtisch. Sie ist fast vollständig von Fotos bedeckt, alle im selben Standardformat: Schwarzweißfotos.

«Das ist mein Leben seit ich sechzehn bin. Damals habe ich eine Kamera zum Geburtstag bekommen. Ich habe jeden Tag ein Foto gemacht, von etwas, das mir aufgefallen ist. Es musste gar nichts Besonderes sein. Andererseits bin ich fest davon überzeugt, dass alles besonders ist. Auf die Perspektive kommt es an!»

Später lernte ich noch mehr Leute mit dieser Angewohnheit kennen, ein Jahr lang habe ich es selbst so gehandhabt, aber damals war es noch völlig neu für mich.

Ich schreite die Fotos ab. Fast alles ist besonders, während fast nichts wirklich besonders ist. Straßenschilder, Anzeigetafeln über Gleisen, ziemlich viele Brücken, zahlreiche verlegene Männer und Frauen, verlegene Jungen und Mädchen. Angenommen, ich würde Julie nicht kennen – was könnte ich anhand dieser Fotos über sie sagen? Wenn sie gleich zur Tür reinkäme – käme dann jemand herein, den ich vage kenne?

Julie sagt meinen Namen, ich drehe mich zu ihr um, und sie macht ein Foto.

«Ein besonderer Moment?», frage ich.

Julie lacht. Sie hat ein witziges Lachen, so als würde sie gerade etwas extrem Außergewöhnliches entdecken.

«Hör auf zu kokettieren! Das weißt du doch längst», sagt sie.

«Dass das ein besonderer Moment ist?»

«Jetzt wiederholst du dich auch noch!» Sie nimmt meinen Kopf und küsst mich auf die rechte Wange.

Ich darf nicht kokettieren. Und mich nicht sooft entschuldigen. Verstehe.

Bis auf ihre zärtlichen Aufmerksamkeiten erinnere ich mich kaum noch an diesen trüben Geburtstag. Wir fuhren damit fort, Wein zu trinken, zwei oder drei Flaschen aus dem Weinkeller ihres Vaters. Wir wurden sehr beschwipst, aber nicht betrunken. Wir landeten in ihrem kühlen, harten Bett, fummelten herum, hatten aber nicht wirklich Sex. Worüber haben wir geredet? Keine Ahnung.

Im ersten Morgenlicht verschwand ich. Sie schlief noch, den Daumen im Mund. Schlaf kann uns unschuldig aussehen lassen, zeigen, dass wir gleichzeitig jung und alt bleiben.

Ich ging zum blauen, von frühem Winterwind gekräuselten Fluss.

In den darauf folgenden Tagen sah ich sie nicht, bestimmt ein, zwei Wochen nicht. Dann bekam ich einen Brief, in dem stand, dass sie ihr Studium, das kein Studium sei, abbreche, um zu ihrer Schwester nach Maastricht zu ziehen. Die habe da eine geräumige Atelierwohnung.

«Dort ist alles still und hell.»

Dort wolle sie leben, es gebe Platz genug, und nächstes Semester gehe sie dann auf die Kunstakademie. Falls ich Lust hätte, sie zu besuchen – gern!

Das habe ich nie getan. Anfangs weil ich ihre Einladung zu beiläufig fand: Falls ich Lust dazu habe. Manchmal kann ich mich ganz schön zieren. Später, etwa acht Monate danach – es war bereits wieder Sommer –, dachte ich mehrmals fest an sie. Ich hätte sie besuchen können, aber vielleicht hatte ich zu hohe Erwartungen, vielleicht war Julie längst wieder in eine neue Lebensphase eingetreten. Wir waren so jung, und alles ging noch immer schnell vorbei, wir ließen uns noch immer schnell wieder los – nicht zuletzt, weil wir nicht wussten, was wir festhalten sollten. Ich wollte zu keiner Enttäuschung aufbrechen. Nicht zu «Das ist Jean. Er macht tolle Sachen mit altem Holz.»

NICHTS GEHT VORBEI

Ich denke an sie, an Julie Prinsen – fast vierzig Jahre später in meinem Arbeitszimmer. Zweifellos habe ich sie auch deshalb nicht besucht, weil ich Angst hatte, mich wirklich auf sie einzulassen, denn vielleicht gab es gar keinen Jean, der tolle Sachen mit Holz macht. Vielleicht lebt sie inzwischen gar nicht mehr. Viele Menschen aus meinem Umfeld sterben oder erkranken schwer.

Neulich hörte ich, wie jemand – eine Frau mit weinerlicher Stimme – sagte, das liege daran, dass wir zu ungesund gelebt hätten. Das war in einer Radiosendung. Wir hätten uns auch ungesund ernährt, ohne es zu wissen. Ich zwang mich gut zuzuhören und der Frau zu folgen, aber als es mir endlich gelang, ging es plötzlich um den niederländischen Beitrag zum Eurovision Song Contest.

Julie Prinsen. Laut sage ich ihren Namen. Nachdem ich ihre Tür hinter mir zugezogen hatte, witterte ich die Kälte des Flusses, den ich jetzt wieder rieche. Nichts geht vorbei. Vergangenheit ist meist nur ein Wort.

Hätte ich sie in Maastricht besucht, hätte ich ein anderes Leben haben können, denn das passiert einfach so, manchmal ohne, dass man es richtig merkt. Um sich dann Jahre später zu fragen, wie eigentlich alles angefangen hat: Na ja, ganz einfach, du hast doch beschlossen, nach Maastricht zu fahren und bist zum

Bahnhof gegangen, obwohl du genauso gut hättest zu Hause bleiben können, um auf deinem Zimmer Geschichten über ein Leben zu schreiben, das du dir selbst ausgedacht hast, das allein dir gehört. Und genau dieses Leben lebe ich.

DAS ROTE MÄRCHENBUCH

Die Musik der Gerüstbauer läuft jetzt auf Stadionlautstärke, und ich sortiere Bücher aus. Im Moment habe ich keine Lust mehr, bei jemandem innezuhalten. Wenn ich das tue, beschleicht mich eine leise Angst, weil ich so vieles verloren gehen ließ. Und es bringt nichts, diese leise Angst mit in einen Tag zu nehmen, der gerade erst begonnen hat.

Ein anderes Buch von Camus, *Der Mythos des Sisyphos*, habe ich von meinem Vater bekommen – zwanzig Jahre nachdem er es sich selbst gekauft hat. Wir standen vor seinem Bücherregal, und er zog es langsam, fast behutsam heraus.

«Das ist für dich», sagte er.

Keine Ahnung, warum. Wir sprachen manchmal über Camus, aber das letzte Mal war schon eine ganze Weile her. Hätte er mir gesagt, dass das ein wichtiges Buch ist, hätte ich es mir auch selbst kaufen können.

Er schlug es auf und las den ersten Satz vor. Mein Vater las gerne vor, was ihm gefiel. Schon, als ich drei Jahre alt war: Dann saß er in dem Sessel, in dem er immer las, kurz bevor ich ins Bett musste. Ich kletterte im Schlafanzug auf seinen Schoß, und er nahm meine nackten Füße in die eine und das rote Märchenbuch, das schon neben ihm auf einem Tischchen bereitlag, in die andere Hand, um mir vorzulesen. Mit einer schönen Stimme –

eine die mir die von ihm gelesenen Worte zärtlich zusteckte. Später stieß ich erneut auf dieses Buch, als ich mit meiner Mutter den Dachboden unseres zweiten Hauses aufräumte. Ich dürfte um die zwölf gewesen sein. Ich las ein Märchen, das er mir vorgelesen hatte, und beim Gedanken an seine Stimme fiel es mir auch wieder ein, wenn auch nicht alles natürlich.

«Er hat oft alles Mögliche dazugedichtet», sagte meine Mutter. «Ich habe ihm immer gesagt, dass er selbst Geschichten schreiben soll.»

«Und was hat er darauf gesagt?»

«Vielleicht. Aber dass du das bestimmt tun wirst, da war er sich ganz sicher.»

«Weißt du, warum er sich da so sicher war?»

«Ja, das habe ich ihn auch gefragt. Ich habe ihm übrigens geglaubt, trotzdem habe ich nachgehakt. Er meinte, wegen der Fragen, die du ihm stellst. Zu den Geschichten.»

«Daran kann ich mich kein bisschen erinnern.»

«Aber so ist es gewesen. Er fand die Fragen ausnahmslos gut. Und es stimmt auch: Mit guten Fragen fängt alles an.»

Jetzt las mein Vater den Anfang des Camus-Buches vor: «Es gibt nur ein wirklich ernsthaft philosophisches Problem: den Selbstmord. Sich entscheiden, ob das Leben es wert ist, gelebt zu werden oder nicht, heißt, auf die Grundfrage der Philosophie antworten.»

Er klappte es zu und gab es mir.

«Für dich», sagte er erneut. Es ist schön, wenn einem jemand etwas gibt und sagt: für dich.

Ich dankte ihm. Sein Geschenk begeisterte mich. Ich schlug das Buch vorne auf. Dort trug er immer seinen Namen und das Datum ein, an dem er das Buch gekauft oder bekommen hatte: 8. August 1963.

Es war ein heiterer, unbeschwerter Sommer.

Ich weiß noch, wie er mit diesem Buch nach Hause gekommen ist, höre, wieder, wie er die Haustür öffnet, den schmalen Flur durchmisst, sehe, wie er ins Zimmer kommt, das verpackte Buch hochhält und damit auf meine Mutter zugeht. Meine Eltern küssen sich, er ist schon am frühen Morgen aufgebrochen, und sie freuen sich, einander wiederzusehen.

Der übernächste Nachbar klopft an die Scheibe. Er trägt immer eine beige Jacke und Baskenmütze. Er hält eine große Schachtel hoch. Wir wissen, was drin ist: der neue Kassettenrekorder.

Zwei Wochen später besucht er uns mit diesem Kassettenrekorder – nein, von Besuch kann keine Rede sein, er kommt einfach so herein, in dieser Jacke und mit dieser Baskenmütze. Es ist später Samstagnachmittag. Er stellt den Kassettenrekorder auf den Tisch, öffnet die Klappe und hebt den Finger: Wir müssen gut zuhören. Feierlich drückt er eine Taste. Wir hören die Stimme von Martin Luther King, der seine *I Have A Dream*-Rede hält. Der Nachbar hat sie vollständig aus dem Radio mitgeschnitten. Zwei Mal hören wir sie uns an.

«Als wäre man dabei», sagt der Nachbar. Er hat Tränen in den Augen.

Meine Mutter wiederholt die Worte: «Als wäre man dabei.»

Durch ein halbes Jahrhundert hindurch schaue ich auf diese drei Menschen, den Nachbarn und meine Eltern, die schwer beeindruckt sind. Meine Mutter hakt sich bei meinem Vater ein, als stünden sie kurz davor, irgendwohin aufzubrechen.

WIE SOLL MAN LEBEN?

Es herrscht die angenehme Stille einer Herbstnacht, ein leicht süßlicher Duft hängt in der Luft, ein Duft, der Gutes verspricht. Ganz so, als würde meine Wut in dieser angenehmen Stille verschwinden, sich energisch aus mir entfernen, fast so zielstrebig wie Wasser, das ein Waschbecken geflutet hat und jetzt sein Heil im Überlauf sucht. Das Bild vom Wasser zieht mich kurz in seinen Bann, weil sich dazu ein Wort einstellt: «unwiederbringlich.» Das Wasser ist unwiederbringlich verschwunden, vermengt sich in der Tiefe mit dem Wasser der Kanalisation und führt anschließend kein Eigenleben mehr, falls es das je geführt hat. Gerade noch hat es eine Einheit im Waschbecken gebildet. Unwiederbringlich verschwunden: Vielleicht gilt das auch für meine Wut. So etwas habe ich noch nie zuvor gedacht oder gespürt, aber mit der Leere, die in mir widerhallt, geht eine Erleichterung einher, die sich noch nicht so genau einordnen lässt.

Ich knalle die Tür so laut wie möglich hinter mir zu. Das mache ich gerne, wenn ich im Streit die Flucht ergreife, nicht die Kraft habe, etwas auszudiskutieren, zuzugeben oder ansatzweise einzusehen. Ha!, da ist die Tür, die lässt sich zum Glück zuknallen, und wenn ich das tue, vollbringe ich etwas, aus dem ich lächerlicherweise Kraft schöpfe – ohne die Lächerlichkeit eines solchen Verhaltens bis zu mir durchdringen zu lassen.

Als ich auf der Straße stehe, bereue ich das mit der Tür – ein bisschen auch das mit dem Streit, aber ich kann schlecht gleich wieder kehrtmachen. Das geht nicht, nicht nach dem Drama, das man angezettelt hat. Auf einmal ist die eigene kleine Welt riesengroß, und darin gilt es jetzt ziellos umherzuirren.

Ich weiß nicht, ob die Verwirrung, die von mir Besitz ergriffen hat, auf den Streit oder auf die von der Wut zurückgelassenen Leere zurückzuführen ist. In letzter Zeit versuche ich mich bei so einer Verwirrung an vergleichbare Momente zu erinnern. Auf diese Weise gelingt es mir manchmal, mich wieder zusammenzureißen.

Was habe ich gleich noch gerufen? Ach so, ja: Dass ich immer noch nicht weiß, wie ich leben soll, und dass das ihre Schuld ist, nicht zuletzt ihre Schuld, weil sie mir nicht den nötigen Freiraum gibt um ... ja was eigentlich? Um Möglichkeiten weiterzuverfolgen.

«Was denn für Möglichkeiten?», wollte Aimee wissen.

«Allein schon die Frage!»

Ich habe zu viel getrunken, schon nachmittags damit angefangen – mit dem festen Entschluss zu viel zu trinken. Nachdem ich vormittags Bücher aussortiert hatte, war ich am frühen Nachmittag nach Nijmegen gefahren. Ich hatte das Bedürfnis, Orte meiner Jugend aufzusuchen, Momente aus den ersten zwanzig Jahren meines Lebens, und war in der Stammkneipe meiner Studentenzeit am Berg en Dalseweg gelandet, in der wir fast jeden Abend landeten, Hans Fontein, Bart Winters und ich. Nicht aus Nostalgie, ich halte nichts von Nostalgie, das ist eher etwas für diese Läden, in denen es allen möglichen Nippes – überwiegend aus pseudo-altem Holz – zu kaufen gibt und in denen es widerlich nach Duftkerzen riecht.

Nein, ich will richtig dort sein, und zwar zu dritt. Pläne schmieden, mich austauschen und so lange lachen, bis das Leben offen vor uns liegt, lachend und mit großen Augen in die Zukunft schauen, dabei Freundinnen zu-winken, die wir dort treffen, um die Häuser streifen, in denen wir einmal wohnen werden, uns auf die Reisen vorbereiten, die wir in Zukunft unternehmen werden – zumindest Hans und ich, Bart möchte die Stadt eher nicht verlassen. Hans schwadroniert von einem Ziel in der Karibik und ich vom Himalaya.

Hans und ich leben noch. Bart nicht mehr, vor zwei Jahren ist er schwer krank gestorben. Wenn ich ihm die richtigen Fragen stellte, erklärte er mir, wie ich mit dem Leben umgehen muss. Leben lernen – das ist uns nicht gelungen, stattdessen haben wir nach Möglich-keiten gesucht, damit umzugehen. Vielleicht hat man ja doch etwas gelernt, wenn man darüber nicht mehr nachdenken muss. Aber sobald man nicht mehr über sein Leben nachdenken muss, ist man wahrscheinlich an seinem Ende angelangt. Dann zeigt es sich nur noch, wenn man die Augen schließt – in Form von wenigen Bildern, die vor langer Zeit Bedeutung hatten und sich jetzt zum Sinn des Lebens aneinanderreihen.

Am frühen Abend bin ich über die Oranjesingel zum Bahnhof gelaufen. Auf der rechten Straßenseite. Ich hätte natürlich einen anderen Weg zum Bahnhof nehmen können, tat es aber nicht. Für das Haus gegenüber, an dem ich schnell vorbeihaste, bin ich ein Schuldiger, aber das stimmt nicht. Eine Zeitlang habe ich sogar an diese Schuld *geglaubt*, ganz so, als forderte diese Schuld den Glauben ein. Das Haus gehört zu einer Erinnerung, die sich kaum noch rekonstruieren lässt, was auch daran liegt, dass sie keine Erinnerung sein möchte oder daran, dass sich die Bilder, Worte, unheilvollen Momente weigern, in Erinnerungen überführt zu werden.

Ich habe nur ein einziges Mal mit einem anderen Menschen darüber gesprochen, mit Bart, als wir Mitte der Achtziger in Prag waren. Davor ist es vermutlich zu unbedeutend, zu belanglos gewesen. Doch es war alles andere als das, auch wenn ich es gern so sehen würde.

DAS IST WIRKLICH DAS BESTE

Später im Leben wollte ich immer gleich Worte finden für das, was in mir vorgeht – Rührung, Bestürzung, Wut, Kummer, Sehnsucht – so als würde es erst wahr, wenn es Worte dafür gibt. Aber damals war das noch nicht so.

Im Sommer, bevor ich zwanzig werde, mache ich Ende Juni nach sieben Jahren Gymnasium Abitur, obwohl ich felsenfest davon überzeugt bin, dass ich diesen Abschluss niemals brauchen werde. Gut, ich brauche ihn, um mich an der Uni einzuschreiben, weiß aber jetzt schon, dass ich es dort nicht lange aushalten werde. Ich muss sie kurz besucht haben, weil sich das nun mal so gehört für junge Männer, die in den Fünfzigerjahren geboren wurden und aufs Gymnasium gegangen sind.

Es ist der Sommer, in dem ich mich weigere, die an mich gestellten Erwartungen einzulösen. Ich bin nicht mehr in einem bestimmten Ablauf eingebunden, sondern muss selbst aktiv werden. Das war natürlich auch schon auf dem Höhepunkt meiner Pubertät so, niemand hatte sich in mein Leben einzumischen, aber damals gab es noch alles Mögliche, das meine Persönlichkeit und meine Wünsche einschränkte.

Daran denke ich, als ich nach einer der Abiturfeiern im ersten Morgenlicht durch meine Heimatstadt laufe, die ich natürlich unglaublich langweilig finden müsste, aber dem ist nicht so, denn ein neues Leben liegt vor mir, eine Zukunft, die mir erstickend lang verschlossen war. Deshalb ist alles gut, alles funkelt und kribbelt, ich spüre einen Elan in meinen Schritten, der mir den Atem raubt.

Gestern habe ich mit Margriet Duursma Schluss gemacht, mit der ich vier Monate zusammen war. Nein, nicht ich habe Schluss gemacht, *wir* haben Schluss gemacht, indem wir mehrmals trotz Tränen in den Augen «Das ist besser so, das ist wirklich das Beste» gesagt haben.

Sie hat schon zu einer anderen Welt gehört, ist schon in Leiden gewesen, wo sie Medizin studieren will. Ihre Eltern haben ihr ein schmales Haus an einer Gracht gekauft, in dem sie mit vier oder fünf Freundinnen wohnen wird. Ich weiß genau, dass in ihrer neuen Welt kein Platz für mich sein wird. Und sie weiß das auch, sie hat einen jungen Mann kennengelernt, der bereits seit zwei Jahren in Leiden studiert, Jura natürlich, und in einer der Grachten eine kleine Yacht liegen hat.

«Wir haben bloß nebeneinander gelegen», hat Margriet bestimmt drei Mal gesagt.

Ich habe gemerkt, dass mir das kaum etwas ausmacht. Ich habe schon Abschied von ihr genommen, als ich mit meinem Abschlusszeugnis nach Hause gekommen bin. Dort hatte mein Vater schon die Flagge gehisst, allerdings mit Blau nach oben. Er schämte sich für seine Ungeschicklichkeit, aber ich meinte, dass mir das völlig egal ist, dass mir gefällt, wie die Fahne da hängt, weil die Fahne zu meinem sich gerade ändernden Leben passt. Mit dieser Fahne markiere ich stolz den Beginn dieser Veränderungen, Blau ist oben, ein Blau wie der Himmel, ein Dunkelblau, das kein Himmel jemals annehmen kann, trotzdem schwebt die Farbe des Himmels über meinem neuen Leben.

Bei diesen Veränderungen wären Margriet und ich uns nur in die Quere gekommen. Wir waren zu Schulzeiten ein Paar, in unserer Freizeit, die wir totschlagen mussten, und in der einmal die Woche eine Party gefeiert wurde. Es war ein sehr eingeschränktes Leben, das wir gern als erfüllt bezeichnet haben.

INDEM MAN ETWAS LOSLÄSST

Kurz bevor mein Großvater «nach einem langen erfüll-
ten Leben» starb, unterhielt ich mich länger mit ihm
denn je, und zwar an dem Nachmittag, an dem ich
ihm mein Abschlusszeugnis zeigte. Die meiste Zeit über
sprach er, mit seiner leisen, heiseren Stimme, die gut
zu seiner Bescheidenheit passte. Er erzählte von seinen
frühesten Erinnerungen, von den Wäldern und Feldern
Brabants, wo er aufgewachsen war, vom goldenen
Sonnenlicht, das seine Jugendjahre beschien, von dem
kleinen verschlafenen Nest wie aus einem altmodischen
Kinderbuch, von dem, was ihm im Leben wichtig war –
früher, später nicht mehr: «Und das ist eigentlich das
meiste.»

Ich versuchte das auf mich wirken zu lassen, was mir
allerdings schwer fiel, weil ich gerade noch mehr wichtig
fand als sonst.

«Letztlich spielen nur wenige Momente wirklich eine
Rolle. Früher hätte ich das nie gedacht. Es sind überwiegend kleine Sachen, was ich früher ebenfalls nie
gedacht hätte. Ich weiß genau, dass mir nicht mehr viel
Zeit bleibt, aber ich danke Gott, dass es mir überhaupt
noch so gutgeht. Die Schmerzen bekommt man schon
irgendwie in den Griff. Ich kann durchaus ...» – seine
schmale, knochige Hand beschrieb eine Wellenbewe-
gung – «... in Frieden hinübergleiten, ich bin soweit.»

Ja, ich sah ihn auf einer ruhigen Welle ins Jenseits gleiten.

«Ich bin soweit.»

Aus meiner Sicht war er das schon seit dem Tod meiner Großmutter. Nicht, dass ihre Ehe perfekt gewesen wäre, aber sie waren einander sehr zugetan. Sie hatte die Hosen an, und er war damit einverstanden – vermutlich, weil es ihm egal war. Er war für alles Mögliche in der Kaserne unweit des Dorfes zuständig, und soweit ich das wusste, hatte er seine Arbeitszeit selbst bestimmen können – Hauptsache, es wurde erledigt, was erledigt werden musste, und das passierte auch, weil er jemand war, auf den man sich verlassen konnte. Eine Eigenschaft, die er meinem Vater und mir weitervererbt hatte: «Immer halten, was du versprichst. Erst nachdenken, bevor du etwas versprichst. Vieles kann man nur einmal versprechen.»

Am liebsten ging mein Großvater stundenlang mit seinem Hund spazieren, einem kleinen, kränklich wirkenden scheuen Tier, um sich dann anschließend zwei Gläschen Schnaps in der Kneipe zu gönnen, die ausgerechnet Zum goldenen Löwen hieß.

«Und jetzt liege ich hier und denke nach», sagte er. «Nichts Weltbewegendes, das nicht. Man beendet es nur einmal, fängt aber mehrmals damit an.»

«Das Leben?»

«Ja. Und zwar jedes Mal, wenn man etwas loslässt.

Das befreit. Anschließend tut man sich leichter, seinen Weg fortzusetzen, vielleicht sogar eine neue, bisher unbekannte Richtung einzuschlagen. Indem man etwas loslässt, wird einem manchmal bewusst, dass man wieder ganz von vorn beginnt. Natürlich nie wirklich ganz, aber ab und zu stimmt das schon.»

«Was loslässt?» Auf der Fensterbank standen ein kleines Kruzifix und daneben ein Fläschchen Bokma, ein halber Liter alter Genever, dahinter herrschte ein später Frühlingsnachmittag mit sengender Sonne, deren flüssige Bestandteile in der dunkelgrünen, viereckigen Genever-Flasche gefangen waren.

«Das kann alles Mögliche sein. Zum Beispiel den Gedanken, dass alles immer besser wird. Plötzlich kann es genug sein. Oder Reue, an die man oft zurückdenkt – viel zu oft.»

Er hustete kurz. Ich sah, dass er müde war. Vielleicht wollte er einen kleinen Schnaps? Ich zeigte auf die Flasche neben dem Kruzifix – eine Kombination, die vermutlich fest zu seinem Leben gehörte.

Lächelnd schüttelte er den Kopf. «Der ist für später. Dann kann ich ihn mehr genießen. Jetzt bin ich dafür zu müde. Kommst du bald wieder?»

«Natürlich, Opa.» Ich küsste ihn auf seine knochige Stirn. Er roch nach Seife. Es war das letzte Mal, dass ich ihn sehen sollte.

NA UND?

In diesem Sommer habe ich noch einmal mit der Schule zu tun, die ich gerade verlassen habe. Ich werde gebeten, als Betreuer ins jährliche Ferienlager mitzufahren, für Schüler der beiden untersten Klassen. Darum werden stets Leute gebeten, die gerade ihren Abschluss gemacht haben. Keine Ahnung, warum ich zusage – vielleicht weil ich es doch irgendwie schade finde, die Verbindung zu kappen, auch wenn ich nicht weiß, was ich in all den Jahren fürs Leben gelernt habe. Vielleicht habe ich mich zu sehr danach gesehnt, von dort weg zu kommen und spüre jetzt so etwas wie Reue – nicht zuletzt, weil ich nur wenig über die Lebensphase weiß, in die ich jetzt eingetreten bin. Die letzten sieben Jahre Gymnasium haben natürlich auch Sicherheit bedeutet.

Das Ferienlager war irgendwo in der Veluwe, ein großes, bewaldetes, ziemlich hügeliges Gelände mit einem Holzhaus in der Mitte und etwa zehn kleineren Außengebäuden, in denen Duschen und Toiletten untergebracht waren. Im Holzhaus trafen sich abends die Betreuer. Auch wir schliefen in Zelten, in der Nähe der uns anvertrauten Schüler – in meinem Fall eine Gruppe aus Jungen und Mädchen, die nach dem Sommer in die achte Klasse kommen würden: Mädchen und Jungen voneinander getrennt, insgesamt sechzehn Kinder.

Das Ferienlager dauerte eine Woche, und ich kann mich kaum noch daran erinnern, – nur dass die Atmosphäre recht locker war und abends im Holzhaus fröhlich-vertraut.

Dann bricht der letzte Tag an. Ich gehe mit Lin Mitchell zu einem der Toilettenhäuschen, denn dort liegen unter einer Plane die Säcke, in denen nachher die Zelte verstaut werden müssen. Lin ist dreizehn und hat sich in den letzten Tagen oft in meiner Nähe aufgehalten. Sie hat mir erzählt, dass ihr Vater Amerikaner ist und mit einem Zirkus quer durch Europa tourt, allerdings nicht als Artist, sondern als Buchhalter. Dementsprechend selten ist er zu Hause. Sie wohnt überwiegend bei ihrer Mutter ein Stück außerhalb von Nijmegen und ist Einzelkind.

Selten habe ich einen so fröhlichen Menschen wie Lin Mitchell erlebt. Alles an ihr scheint zu lachen und zu summen. Für ihr Alter ist sie recht groß. Ihr schönes Gesicht scheint einem reiferen Mädchen zu gehören, es ist ein Gesicht, das Aufsehen erregt und gar nicht anders kann als die Welt mit diesen großen braunen Augen zu entzücken, mit einem Lachen, das auf genauso sympathische Art Aufmerksamkeit verlangt, und mit der kastanienbraunen Mähne, die dieses Gesicht ständig umtanzt. Nie kommt Lins hochaufgeschossener Körper zur Ruhe, immer ist sie wahnsinnig beschäftigt mit allen und allem um sie herum.

Jeder will mit ihr befreundet sein, und ihr Lachen ist auch zu hören, wenn sie redet. Selbst wenn sie von ihrem Vater erzählt, den sie manchmal sehr vermisst, denn sobald er da ist, birst das Haus schier vor Leben: Den ganzen Tag läuft fröhliche Jazz- oder beschwingte Countrymusik. Ihre Mutter ist schnell müde, aber das findet sie nicht schlimm. Wenn die sich tagsüber hinlegen muss, achtet niemand auf sie und sie kann zum Jazz ihres Vaters tanzen, den sie natürlich leise hören muss, um ihre Mutter nicht zu stören.

In der Garage malt Lin große Flusslandschaften, denn diese Landschaften sind ihr am liebsten: holländische Landschaften.

«Wenn ich in einer Landschaft unterwegs bin, in der ich mich wohlfühle, denk ich mir den Fluss einfach dazu. Dann gibt es dort auch einen Fluss, denn alles, was ich mir ausdenke, wird wahr. Vielleicht bin ich die Einzige, die davon weiß. Dort hinter den Bäumen ...» Sie zeigt darauf und lässt die Hand flattern. «Menschen mal ich nie hinein. Nur die Landschaft und den Fluss. Und ganz viel Himmel natürlich, mit Sommerlicht.»

Ich lege kurz den Arm um sie.

«Du bist echt lustig», sage ich.

«Weil ich Landschaften mit Flüssen male? Ja, ich bin gerne lustig. Immer ist alles so ernst, auch in der Schule. Das war zum Glück keine ernste Zeit.»

Sie summt «Sealed with a Kiss», ein Lied, das ich

in letzter Zeit oft im Radio gehört habe und das für mich untrennbar mit diesem Sommer verbunden ist.

Auf einmal bleibt sie stehen, schaut mich kurz an – lachend natürlich – und küsst mich rasch auf den Mund. Sie hört nicht auf, mich anzusehen, jetzt schon ernster, aber nicht wirklich ernst, und küsst mich erneut. Dann rennt sie weg: die Arme in die Luft geworfen, als jauchzte sie, als wollte sie nach etwas aus dem Sommerhimmel greifen.

Sie sieht einen dicken Jungen, der erst gestern Abend am Lagerfeuer Gitarre gespielt hat, und springt ihm auf den Rücken. Sie fallen in den Sand und lachen sich tot. Die linke Gesichtshälfte des Jungen wird fast zur Gänze von einem dunkelroten, dunkelvioletten Feuermal eingenommen. Sieht man nur diese Gesichtshälfte, könnte man meinen, er trüge eine Maske. Trotzdem gehört das Mal zu seinem Gesicht. Er selbst scheint nicht darunter zu leiden.

Lin steht auf und rennt weiter, ohne sich umzusehen. Das tut sie erst, als sie die Plane von den Zeltsäcken gezogen hat. Fragend hält sie einen hoch.

Ich nicke.

Als wir zurückgehen, sagt sie, dass sie hier zum ersten Mal gezeltet hat. Ihre Eltern halten nichts von Camping-Urlaub. Sie erklärt mir auch, warum, aber ich kann mich nur schwer konzentrieren. Ich habe kaum auf ihre Küsse reagiert, aber vielleicht wollte sie das auch gar nicht. Vielleicht dachte sie, das stünde nur ihr zu – nichts als eine Geste, ein ausgelassener Moment, bei dem sie sich ertappt hat, weshalb sie beim zweiten Mal ernst geschaut hat. Vielleicht tut sie so etwas auch öfter, einfach so. So sehr ich mich auch dagegen wehre, merke ich doch, dass es etwas mit mir macht, so lächerlich das auch sein mag: Eine Dreizehnjährige küsst einen knapp Zwanzigjährigen zweimal kurz hintereinander – na und?

Mein Liebesleben auf dem Gymnasium war nicht von Erfolg geprägt, sprich wenig befriedigend. Im Grunde hat es diesen Namen gar nicht erst verdient. Auch das war eindeutig erst etwas für später. Ein paar kurze Beziehungen, stets von der Gegenseite beendet, und auch das von Anfang an absehbar. Nur bei Margriet Duursma war das anders, wenn auch nicht wirklich, denn kaum hatte sie den Schritt nach Leiden gewagt, wusste sie, was sie zu tun hatte.

Schon damals konnte ich nicht gut mit Menschen umgehen: Stets kam ich dermaßen intensiv rüber, dass die Mädchen, die ich attraktiv fand, nichts damit anfangen konnten. Zu Beginn war es vielleicht noch ganz schön, doch schon bald war ich ihnen ein Klotz am Bein mit meinem Streben nach absoluter Aufrichtigkeit und Perfektion, mit meinen Versagensängsten und dem Wunsch, gleich Nägel mit Köpfen zu machen. Das war nichts für die Mädchen damals. Die wollten sich nicht festlegen und vor allem begehrt werden – in meinen Kreisen am liebsten von etwas älteren Jungs mit tollen Segelkenntnissen, die frei über das Auto ihrer Mutter verfügen konnten. Trotzdem fand ich mich nicht bemitleidenswert, das eigentlich nie, denn dass mich Mädchen so behandelten, war einfach Schicksal, und ich bekam auch etwas dafür zurück, nämlich dass ich das alles aufschreiben konnte – allerdings nicht genau so, wie es war (und das war schon schlimm genug). Stattdessen siedelte ich es in einer ganz eigenen Welt an, in der nur ich mich auskannte, auch wenn ich nicht wusste, wohin das führen würde.

Gab es auch glückliche Momente? Aber natürlich!

Ich denke da an meinen verstorbenen Großvater, der sagte, dass es nur wenige Momente gibt, die wirklich eine Rolle spielen. Und dass das oft die kleinen Momente sind, Sekundenbruchteile – oder ist das etwas, das ich seinen Gedanken hinzufüge? Aber so läuft das doch: Jemand bringt einen auf einen bestimmten Gedanken, und man macht ihn sich zu eigen, vielleicht auch nur teilweise, um ihn fortzuspinnen. Das ist das andere Leben, das man in seinem Leben führt, der eigene Gedankenstrom. Das habe ich natürlich auch schon vorher gewusst, falls man so etwas überhaupt «wissen» kann. Aber in diesem Sommer wurde es mir bewusster denn je – auch weil ich mich fragte, wie man leben soll. Man kann natürlich auch ganz normal leben, aber ich wollte wirklich erleben, was ich tat, wollte nicht, dass das Leben einfach so vergeht, und ich glaube, ich weiß auch warum: aus Angst, etwas zu verlieren, ziellos umherzuirren.

Natürlich gab es kleine glückliche Momente, Sekundenbruchteile, Ereignisfetzen: Ein Lächeln, das ich noch nicht kenne und das mir gilt. Ein sonnengebräunter Schenkel, der eine Tretbewegung auf dem Rad vollführt. Ein Duft, der von Abschied kündet, aber noch eine Weile in der Luft hängenbleibt. Ein geflüstertes Wort. Silberstreifen am Abendhimmel, direkt nach einem Zungenkuss im Indischen Viertel – ein Abend, der durch diesen Moment mindestens eine Minute lang vollkommen ist. Die Berührung einer Hand beim ersten Schnee, extreme Ergriffenheit. Freie Sicht und der Geruch von Gras. Dämmerung, Stille. Worte am Fluss: «Du musst gar nichts sagen. Du musst mir nichts versprechen. Ich möchte bloß, dass du mich festhältst. Bitte halt mich fest. Bitte halt mich fest.» Feuerwerk an einem Abend, der kein Abend ist, weil die Wärme des Tages einfach nicht weichen will, um die Taille gelegte Arme. Lecken an einem Finger. Innige Blicke. Tief stehendes Licht im Herbst. Frühe Morgensonne im Sommer. Das Ende einer Nacht. Musik, immer wieder Musik.

In all den Jahren – dabei waren es gar nicht so viele – in all den Jahren habe ich immer gewusst, dass das Jahre sind, in denen alles vergeht, immer wieder, nichts bleibt, nichts. So gehen wir miteinander um, in der traurigen Gewissheit, dass wir uns und das, was wir erleben, verlieren werden.

Einmal war ich auf einem Klassentreffen, mehr als dreißig Jahre später, und auch da wurde mir klar, dass wir von allem, was wir miteinander geteilt haben, kaum etwas bewahrt haben. Vage erkennen wir Erinnerungsfetzen, suchen nach der Bedeutung von Momenten, die plötzlich aufblitzen. Aber es geht nun mal nicht anders.

Das Leben, das dann kommt, zielt darauf ab, so wenig wie möglich zu verlieren, Positionen zu bekleiden und sich dabei zu bewähren beziehungsweise nach neuen Positionen Ausschau zu halten. Deshalb sehnt man sich rasch nach dieser anderen Zeit zurück, nach der Zeit davor, als man noch wusste, dass alles endlich ist, ja dass es gar nicht anders geht. Damals war alles, was vorbeiging, Bewegung. Anschließend hörte das meiste abrupt auf, etwas war mit einem Mal vorbei.

In diesem Sommer begreife ich, dass ich nie mehr zurück kann. Die zwei Küsse von Lin Mitchell stehen für etwas, auch wenn ich nicht genau weiß, für was. Sie sind von einem Mädchen, das den Beginn der Jahre markiert, die für mich vergangen sind.

Als die drei Busse, die uns zurückbringen, in der schmalen Straße neben der Schule halten, sehe ich, wie Lin zu einem roten Sportwagen rennt. Eine Frau steigt aus, selbstbewusst, im engen Tennisdress: Es ist ihre

Mutter, die sie zärtlich umarmt. Und bei dieser Umarmung ist Lin so wahnsinnig jung, dass ich mich schäme für das, was passiert ist. Ich schaue mich sogar kurz um, damit auch ja niemand sieht, dass ich Mutter und Kind beobachte, schließlich habe ich nichts mit ihnen zu tun.

SCHWIERIGKEITEN IM UMGANG
MIT DEM LEBEN

Immer wieder denke ich an sie, nicht oft, aber manchmal schon. Und wenn ich das tue, wenn mich diese Gedanken überfallen – denn das trifft es wohl eher –, merke ich, wie beruhigend ich es finde, dass es sie irgendwo gibt, auch Jahre später noch, wenn sie ebenfalls Zeit hinter sich hat, die unwiederbringlich vergangen ist, und vielleicht in die weite Welt gezogen ist: Irgendwo existiert sie. Das ist nicht nur beruhigend, sondern auch tröstlich, selbst wenn ich nicht weiß, wobei es mich trösten sollte: Vielleicht bei meinen Schwierigkeiten im Umgang mit dem Leben, vielleicht auch bei meinen Unzulänglichkeitsgefühlen.

Was ich denke, wenn ich an sie denke, kann ich nicht beschreiben, nur, dass es sie gibt, dass sie irgendwo herumläuft, leichtfüßig tänzelnd in einem Leben, das sie von allen Seiten umarmt – zärtlich, herzlich, immerzu. Dass ihr das ebenfalls bewusst ist, und sich dieses ganze Leben in ihrem Lachen niederschlägt: dass alles, wirklich alles, an ihr lacht.

Acht Jahre ist sie lachend in meinem Leben geblieben (ihr Lachen hatte sich in meines eingenistet), ohne dass ich sie gesehen hätte. Vielleicht wäre das auch gar nicht gegangen. Doch, es wäre natürlich schon gegangen, aber was dann? Später im Leben spielt der Altersunterschied keine so große Rolle mehr, das Leben steht ihm gleichgültig gegenüber, aber damals war das noch anders.

Und dann kommt auf einmal eine Geburtsanzeige. Die Karte, die mir von einer Adresse zur nächsten nachgeschickt worden ist, hat fast anderthalb Monate bis zu mir gebraucht. Und jetzt ist sie da: Ein Sohn. Mit meinem Namen. Lins und Timos Sohn. Eine Telefonnummer steht auch dabei, dahinter ein Ausrufezeichen. – Ich lasse die Karte auf meinem Schreibtisch liegen, einen Tag, dann zwei. Manchmal schaue ich sie mir an, als müsste ich mich davon überzeugen, dass sie dort liegt, dass die Welt durch Lins und Timos Sohn eine andere geworden ist.

Sie wohnt nach wie vor in Nijmegen. Wir leben keine zwanzig Kilometer voneinander entfernt, aber unsere Leben dürfen sich nicht berühren – nicht zuletzt, weil die unbändige Freude über ein Kind, die sie erlebt, so gar nicht zu der ganz anderen Zeit passt, in der meine neue Liebe und ich gelandet sind. Zu einer anderen Zeit, die uns älter macht, weil Krankheit so etwas nun mal bewirkt. Und Klaske ist krank geworden: ein Tumor, den sie durch Zufall selbst entdeckt hat, an unserem ersten Ferientag auf einer der Wattenmeerinseln, auf der wir am Rande eines Vogelreservats gezeltet haben.

In unserer Wohnung gibt es keinen großen Spiegel, nur einen, in dem wir unsere Gesichter sehen können. Im Waschraum auf dem Campingplatz hing durchaus einer, und dort entdeckte sie einen Knubbel unterm Arm, unweit ihrer Achsel. Wir gingen zum Insel-Arzt. Nachdem er sie untersucht hatte, meinte er, wir bräuchten uns keine Sorgen zu machen, sondern sollten in erster Linie den Urlaub genießen, «unsere herrliche Insel», daheim aber zur Sicherheit zu unserem Hausarzt gehen.

Wir trauten der Sache nicht und traten die Heimreise an. Wenige Stunden später lag sie im Krankenhaus.

«Sie hätten keinen Tag später kommen dürfen!»

Nach der Operation beschrieb der Chirurg die Größe des Tumors: «Ein T-Bone-Steak», lauteten seine Worte.

Eine unappetitliche Metapher, wie ich fand.

Er erklärte, dass es wegen der Größe noch etwas dauern werde, bis die Folgen klar seien.

«Metastasen?», fragte ich.

«Metastasen», erwiderte der Chirurg.

Es schien keine zu geben. Trotzdem musste Klaske fünf Jahre unter Beobachtung bleiben.

Sie fragte den Arzt, wie es mit Kindern aussehe. Darüber hatten wir bisher nur vage gesprochen. Dass sie das fragte, rührte mich.

«Sie meinen, ob Sie Kinder kriegen können?»

«Ja.»

«Natürlich können Sie das. Aber Sie sollten sich fragen, ob das vernünftig ist.»

«Vernünftig?»

«Zu diesem Zeitpunkt. Sie bleiben nicht umsonst fünf Jahre unter Beobachtung.»

Wir sahen uns an, Klaske und ich. Was hier verkündet wurde, durften wir vorläufig nicht laut aussprechen. Auch das sagten wir uns, ohne es zu sagen. Und wiederholten es schweigend, als wir kurz darauf wieder draußen herumliefen. Es war noch Sommer, aber der Himmel wies da und dort bereits Spuren von Herbst auf.

Als die fünf Jahre um waren, und Klaske für «geheilt» erklärt wurde, hatten wir uns so sehr an ein Leben ohne Kinder gewöhnt – zumindest bildeten wir uns das ein –, dass wir beschlossen, nicht mehr damit anzufangen. Eine Entscheidung, die ich erst viel später im Leben bereuen sollte, als ich mich längst von Klaske getrennt und sich eine neue Liebe ihrerseits wieder für eine neue Liebe entschieden hatte. Wenn ich gefragt wurde, warum ich es bereue, wusste ich nicht, was ich darauf sagen sollte.

Ich sah mich mit einem Kind durch die Gegend laufen, so wie mein Vater mit mir durch die Unterstadt Nijmegens gelaufen war. Oft beantworte ich mir Fragen mit Bildern, die ich schlecht in Worte fassen kann – na gut, irgendwie doch, «Mann läuft mit Sohn durch Unterstadt», aber das zählt nicht. Nein, es zählt schon, aber nicht in Bezug auf das, worum es wirklich geht, nämlich wie immer um Schutz. Dafür wollte ich stehen, für Schutz, aber was soll ich antworten auf die Frage: Wieso denn Schutz?

KEINE FEIERLICHEN WORTE

Zwei Tage liegt die Karte auf meinem Schreibtisch. Lins Sohn. Und Timos Sohn, aber wer ist Timo? Bestimmt auch jemand, der von Lins Lachen hypnotisiert ist, von dem Lachen, das alles heller und klarer werden lässt. Die Telefonnummer mit dem Ausrufezeichen dahinter kann ich auswendig, aber ich weiß nicht, was ich zu ihr sagen soll. Damals, im Sommerlager, haben wir uns kaum unterhalten, was wir dort sagten, hatte mit dem zu tun, was gerade notwendig oder los war. Doch, wir haben schon etwas ausgetauscht, aber was wir da austauschten, gehört aus meiner Sicht zu dem Bild – wieder dieses Bild – das wir beide formten, so wie wir da fröhlich herumtollten, wie alles auf die beiden Küsse hinauslief, die Lin mir gab. Küsse, in die ich in diesen acht Jahren zweifellos viel zu viel hineininterpretiert habe.

Ich weiß nicht mehr, wie ihre Stimme klingt.

Warum muss ich all meinen Mut zusammennehmen, um sie anzurufen, obwohl sie mich mit ihrem Ausrufezeichen doch darum gebeten hat?

Vielleicht kann ich mich nicht auf das einlassen, was passieren wird, nachdem wir die ersten Worte gewechselt haben. Weil ich Angst habe, mich wirklich einzulassen.

Sie hat ihren Sohn nach mir benannt!

«Weißt du, dass ich fest damit gerechnet habe, dass du heute Abend anrufst?» Ihre Stimme hat sich kein bisschen verändert, aber vielleicht möchte ich auch, dass ihre Stimme so klingt.

«Du willst bestimmt hören, wie glücklich ich bin.»

«Genau darum rufe ich an.»

«Und mir bestimmt sagen, dass du mich bald besuchen kommst. Und zwar in nicht allzu langer Zeit, denn es geht alles so wahnsinnig schnell.»

«Auch darum rufe ich an. Und weil ich dir sagen will, dass...»

«Dass du es fantastisch findest, dass ich ihn nach dir benannt habe.»

«Ja.»

Die Fenster stehen weit auf. Es ist ein warmer Sommerabend. Aus dem Haus des Nachbarn kommt laute, aber melodiöse Rockmusik. Er ist Gitarrist in einer Band, mit der er im Keller probt.

«Du kannst dir denken, wie geehrt ich mich fühle ...»

«Keine feierlichen Worte, bitte.» Sie lacht aus voller Kehle und ahmt mich dann übertrieben nach: «*Geehrt.*»

«Aber genau so fühle ich mich. Gleichzeitig war ich natürlich überrascht.»

«Prima. Ich liebe Überraschungen, und soll ich dir auch erzählen warum? Weil du jetzt kaum Nein sagen wirst, werde ich dir den Grund dafür verraten.»

Ich kann mir problemlos vorstellen, dass sie mir gegenüber sitzt, dass ich hier lebe und zwei Leben führe – eines mit Klaske, mit der ich glücklich bin und mit der ich das Leben leben kann, das wir leben müssen. Und eines mit Lin, mit der ich das Leben lebe, das ich mir ausdenke. Diese Leben nehmen sich gegenseitig nichts weg, sie brauchen einander.

Mein Freund Bart könnte die Bücher, die er schreibt, nicht schreiben, wenn er nicht auch noch an der Uni arbeiten würde, mit dem dort so geregelten Leben, der erdrückenden Routine aus Besprechungen, Evaluierungsgesprächen und Studenten, die immer dümmer werden, mit Kollegen, die zunehmend Angst haben, ihre Stellen zu verlieren, weil das Monstrum namens «Einsparungen» knurrend näherkommt. Bart braucht die Energie, die ihm dieses Leben abverlangt, um sie in die Energie zu verwandeln, die ihn in die Lage versetzt, Kurzgeschichten zu schreiben.

Wo ist sie? Von wo aus redet sie mit mir? Wo hat sie fest damit gerechnet, dass ich sie anrufe? Wie sieht sie aus? Auf einmal weiß ich es nicht mehr. Sie ist Mutter geworden, unglaublich weit weg – in einem Leben, von dem ich nur einen winzigen Bruchteil mitbekommen habe, einen Atemzug, mehr nicht.

Timo?

«Alles gut mit deinem Sohn?»

«Alles gut mit meinem Sohn!»

Dann kehrt Stille ein. Eine Stille, die uns verbindet.

Einer von uns muss diese Stille durchbrechen. Ich sage, dass ich oft an sie gedacht habe, sage: «Du bist nie mehr aus meinen Gedanken verschwunden.»

Wieder tritt Stille ein, doch sie ist nicht unangenehm. Ich höre sie atmen. Wir atmen im selben Raum, in einer Welt, in der wir uns sehen können.

«Ich hab dich lieb», sagt sie. «Ich hab dich so lieb.»

Sie fragt nicht, ob ich das absurd finde. Natürlich nicht.

«Ja», sage ich. «Ich dich auch.» Die Wiederholung stört mich, aber etwas anderes gibt es dazu nicht zu sagen.

«Ich weiß», erwidert sie und fährt dann fort: «Wir haben uns kurz berührt.»

«Wir haben uns berührt. Und genau darum geht es meiner Meinung nach.»

Ich zähle alles auf, worum es in unserem Leben geht, alles, ich habe gar nicht gewusst, dass ich Worte dafür habe: Wir haben uns berührt. Wenn wir etwas füreinander tun können, dann das.

«Hast du eigentlich nie gedacht ...» Wieder tritt Stille ein. Sommerabendstille. Die beste Stille, die es gibt. Stille nach dem Gewitter. Stille nach dem Geschrei – daran kann ich mich als wütender Mann gut erinnern. Stille angesichts eines Ausblicks.

«Ich habe alles gedacht», sage ich.

«Eben deswegen», erwidert sie.

Danach ändert sich unser Gespräch, und sie redet als Mutter eines Kindes und ich als derjenige, der das Kind sehen möchte, weil es ein Kind ist, auf das wir uns gefreut, auf das wir gewartet haben. Das Kind ist ein besonderes Ereignis, das wir gern miteinander teilen möchten.

«Ich würde sagen, komm doch mal vorbei.»

«Das ist seltsam.» Ich muss aufhören, alles in Worte fassen zu wollen.

«Nein, du besuchst mich im Wochenbett. Warum auch nicht? Das ist das Normalste der Welt.»

Ich sage, was ich oft sage: «Mit so etwas kenne ich mich nicht besonders gut aus.»

Sie lacht. Ich lache auch, weil ich ihr Lachen so liebe.

Ich will sie etwas über Timo fragen, weiß aber nicht was. Sie errät meine Gedanken, nein, sie errät sie nicht, sie kennt sie. Sie hat Timo über ihren Vater kennengelernt. Er ist Clown in dem Zirkus, für den ihr Vater die Buchhaltung macht.

«Aber nicht so ein altmodischer, sondern ein Moderner. Er zaubert auch.»

Ich weiß nicht, was ich mir unter einem modernen Clown vorzustellen habe. Früher fand ich Clowns fantastisch. Wenn mich jemand fragte, was ich später werden wolle, sagte ich Clown oder Tierarzt – am liebsten beides. Später fand ich sie zum Gruseln. Wie es sich wohl mit einem Clown lebt?

Sie sagt, dass der Zirkus gerade durch Südeuropa tourt.

Wir einigen uns auf ein bestimmtes Datum, auf einen Nachmittag.

DIESES BRÜCHIGE, BRILLANTE BOLLWERK

Eine Woche nach meinem Telefonat mit Lin spaziere ich durch Nijmegen. Obwohl ich nicht weit davon weg wohne, bin ich nur selten dort, um meine Eltern und Bart zu besuchen. Hans ist schon vor ein paar Jahren nach Amsterdam gezogen, und ich bin bereits fest entschlossen es ihm gleichzutun. Meine Eltern wohnen unweit vom Bahnhof, und mit Bart verabrede ich mich meist in einer Kneipe ganz in der Nähe.

Die Stadt erinnert nach wie vor nicht an die Stadt, in der ich vor achtundzwanzig Jahren geboren worden bin. Noch immer herrscht eine leise Unruhe in den Straßen der Innenstadt, so als hätte es Tage hintereinander stark gestürmt und würde bald wieder stürmen. Fast jeder hat es eilig, und diese Eile scheint für schlechte Laune zu sorgen. Das stimmt natürlich nur zum Teil, aber ich sehe vor allem dieselben Leute wie damals, als ich die Stadt verlassen wollte, diese Latzhosen, diese überheblichen Mienen, Zynismus wohin man schaut, dazu die lächerliche Imitation einer Zeit, die hier nie anbrechen wird, denn Nijmegen gehört nicht zu Europa, das Nijmegen der Siebziger gehört zu Brabant und Limburg, zu einer katholischen Geschichte, die noch lange nicht abgedankt hat, sodass kaum etwas Neues beginnen kann. All das bedrückt mich auf Anhieb.

In der Unterstadt, unweit des Flusses, wird es etwas besser, aber das liegt daran, dass die Erinnerung an meine ersten Lebensjahre so stark ist, dass die neue Zeit nicht drüber hinwegfegen kann. Ich sehe meine Eltern in der prickelnden Aufbruchszeit der Nachkriegsjahre hier herumlaufen, ganz miteinander und mit der endlos vor ihnen liegenden Zukunft beschäftigt.

Denn das ist der Mittelpunkt des eigenen Lebens: dieses brüchige, brillante Bollwerk, das Erinnerungen beherbergt. Man hat dort rund um die Uhr Zutritt, es ist nie zu weit weg, niemand kommt einem dort in die Quere, und man hat alle Zeit der Welt. Es herrscht dort ein strahlendes Licht und Vieles wird klarer, auch wenn sich nicht alles enthüllen lässt. Letztendlich geht es nur darum im Leben: in diesem brüchigen, brillanten Bollwerk heimisch zu werden.

Es ist ein Sonntagvormittag im Herbst, ich bin mit meinem Vater an der Waal, in der zweiten Hälfte der Fünfzigerjahre. Wie unglaublich jung mein Vater und ich damals waren! Es fühlt sich an wie gestern: Ja, da geht er mit mir spazieren, in einem langen weißen Regenmantel, in dessen linker Tasche ein Buch steckt, ein Roman von Graham Greene, das weiß ich genau, denn fast immer, wenn ich Graham Greene lese, höre ich die Stimme meines Vaters.

Während ich die Waal entlanggehe und mir den Fluss anschaue, denke ich an meinen Vater, an Graham

Greene, an das Gewissen, über das dieser sooft geschrieben und mein Vater sooft gesprochen hat, wenn auch deutlich später in unserer beider Leben.

«An deinem Gewissen kannst du arbeiten, aber es arbeitet auch an dir», pflegte er beispielsweise zu sagen. Später, als ich schon lange nicht mehr in Nijmegen wohne, aber er nach wie vor, zusammen mit meiner Mutter. Wir trinken alten Genever, meine Mutter hat Hering besorgt. Inzwischen bin ich viel älter als er damals, als er in der zweiten Hälfte der Fünfzigerjahre mit mir die Waal entlanglief. Unweit des Besiendershuis' – ein Baudenkmal aus dem sechzehnten Jahrhundert mit Blick auf die Brücke – setzten wir uns oft kurz irgendwo hin, und er hielt meine Hand. Dort bin ich, als mein Vater und ich unsere Gläser erheben, uns anschauen und lachen wie die Jungen, die wir geblieben sind.

Ich denke daran, wie ich an das Gewissen denke, daran, wie unsere Leben verlaufen, laufe in Fließrichtung des Flusses.

Bevor ich Lin besuche, bin ich wieder dort. Als ich kurz darauf die Oranjesingel entlanggehe, ist es noch gar nicht so lange her, dass ich hier fast jeden Abend mit Bart und Hans unterwegs war, in der marxistisch-leninistischen Kneipe, in der die von Ernst geschwängerte Luft zum Schneiden war. Doch sonst hatte kaum noch etwas auf. Unsere Stammkneipe am Berg en Dalseweg machte gegen eins zu, anschließend gingen wir in einen schmuddeligen Imbiss, in dem wir manchmal ein «Waterfiets» bestellten, einen Teller Pommes, begrenzt von zwei Fleischkroketten und mit einer Schicht Mayonnaise sowie Ketchup-Klecksen obendrauf. Ganz so, als könnten wir es erst danach mit der marxistischleninistischen Kneipe aufnehmen.

Das Haus, in dem Lin Mitchell wohnt, liegt schräg gegenüber. Unter der Klingel klebt ein gelber Zettel, auf dem ihr Name sowie der von Timo und Thomas stehen. Auch, dass die Klingel häufig kaputt ist. So steht es da: kaputt. Timo ist der Clown, Thomas das neugeborene Kind. Ich habe einen kleinen Eisbären für ihn dabei. Das Haus sieht schön aus. Im Erdgeschoss befindet sich ein Notarbüro, Lin und ihre Familie bewohnen das Obergeschoss.

Ich denke kurz an das Sommerlager zurück. Was wir in den paar Sekunden miteinander geteilt haben, hat sonst niemand mit ihr geteilt, das weiß ich genau. Diese Gewissheit beglückt mich. Wir bedeuten einander etwas, ohne dass sie an meinem Leben teilhat und ich an ihrem.

Was habe ich in diesen acht Jahren gemacht, außer von hier fortzugehen, außer das lang ersehnte Später in einer anderen Stadt zu suchen, etwa zwanzig Kilometer weiter nördlich, was zwar nicht sehr weit ist, aber doch eine andere Welt. Außerdem habe ich eine Freundin verlassen, die, nachdem sie zu meiner

Freundin wurde, es schon bald darauf nicht mehr war, sondern eine bloße Gewohnheit, an die ich mich zu gewöhnen versuchte, weil ich dachte, dass das zum Leben einfach dazugehört. Von diesem Leben hatte ich ansonsten keinerlei Vorstellung. Ich versuchte mich mit dem, was mir widerfuhr, zufriedenzugeben. Sie wollte, dass ich Lehrer werde und Niederländisch unterrichte, auf einer Schule mit guten Aufstiegschancen – dort würde ich dann in beiger Cordhose und ebensolchem Pulli durch die Flure wandeln, bis zum Ende meiner Tage. Aber das wollte ich nicht, obwohl ich mich durchaus nach so einem Leben sehnen konnte – nach einem Leben, in dem alles geregelt ist und vermutlich auch so bleibt. Sie hat es nur gut gemeint. Ich kannte noch mehr Leute, die es gut meinten, wusste aber meist nicht, was ich mit diesen Meinungen anfangen sollte.

Ich erinnere mich noch gut an den Tag, an dem meine Freundin und ich eine Wohnung im Obergeschoss bezogen. Der Sommer hatte gerade erst angefangen. In den Straßen standen Bäume mit üppigem Grün. Wir saßen zwischen den Umzugskartons und tranken Sekt. Sie fragte, ob ich glücklich sei, und ich bejahte. Sie fragte, ob ich mir sicher sei. Ich erwiderte, dass mir auf diese Frage keine Antwort einfalle. Sie sagte, dass sie mir nicht einfallen, sondern dass ich sie ihr einfach geben müsse. Ich sagte, dass ich das nicht könne, und sie fragte, warum – warum ich nicht sagen könne, «Ich bin mir sicher, dass ich glücklich bin». Ich stand auf, küsste sie und sagte, dass sich diese Antwort schon noch einstellen werde. Ich musste weg, aufs Rathaus, um irgendwas wegen des Umzugs zu regeln, und noch während ich mit dem Rad dorthin fuhr, war ich mir sicher, dass ich schon dabei war, mich von ihr zu trennen. Es war nicht ihre Schuld, denn sie meinte es gut – und was kann man schon mehr erwarten?

Ich wusste auch, dass das in meinem Leben noch lange so weitergehen, dass ich mich von meiner jeweiligen Partnerin trennen würde, noch bevor wir uns berührt hätten. Und dass ich vielleicht irgendwann an dieser Rastlosigkeit verzweifeln würde.

Später bat ich einen Psychiater mit schwerem, moralinsauren Pferdekopf mir zu erklären, woher das kam.

Was?

Na ja, woher diese Rastlosigkeit kam.

«Sie können sich nicht einlassen – auf nichts und niemanden», lautete seine Antwort.

Ja, dachte ich, nicht mal auf Kummer, den ich in diesem Moment allerdings sehr wohl spürte, angesichts dieser so dahingesagten, bedeutungsschweren Worte. «Sie können sich nicht einlassen, auf nichts und niemanden». Ich wurde dermaßen von Kummer überschwemmt, dass ich kaum noch ein Wort herausbrachte. Das sagte ich auch, denn das ging gerade noch: «Dann machen wir am besten für heute Schluss, denn ich bringe kein Wort mehr heraus.»

Der Psychiater zuckte nur mit den Schultern und streckte mir beide Hände hin wie jemand, der etwas triumphierend präsentiert, lachte stolz und sagte: «Sehen Sie, nicht mal auf das, was ich Ihnen gerade gesagt habe, können Sie sich einlassen.»

Ich bin niemand, der schnell wütend wird, aber als ich aufstand, musste ich mich schwer beherrschen, nicht seinen Schreibtisch umzustoßen und auf ihn loszugehen. Mir war übel, und ich schwitzte.

Wir saßen uns an einem großen glänzenden Tisch gegenüber. Vor ihm lagen ein Notizblock und ein dunkelroter Füller. Außerdem ein lila Ball, den er manchmal zusammendrückte. Ich stieß diesen Schreibtisch nicht um, ich ging nicht auf ihn los, ich lief einfach davon und verließ das Zimmer.

Der Grund für meinen Besuch bei ihm war die Wut, die plötzlich in mir aufsteigen konnte und mit der ich nicht wusste wohin, weil ich sie nur teilweise verstand. Was ich wusste, war nur, dass das alles an dem Tag angefangen hat, als ich mit einem Eisbären durch meine Geburtsstadt spaziert bin.

KLEINER EISBÄR

Oben an der Treppe steht eine Frau. Ich kenne sie noch von vor acht Jahren: Sie hat Lin damals bei der Rückkehr vom Sommerlager umarmt. Wir geben uns die Hand, sie sagt, dass sie Tosca heißt. Auch sie hat ein Lachen in den Augen. Sie schaut auf die Uhr, ich ebenso. Es ist fast halb drei.

«Lin kommt später. Sie wollte heute Morgen aus Madrid abfliegen, aber ihr Flugzeug hat Verspätung. Sie hat gegen neun angerufen und gesagt, dass es noch eine Stunde länger dauert. Anschließend habe ich nichts mehr von ihr gehört. Meist ruft sie von Schiphol aus an. Sie hat erzählt, dass du kommst. Sie wollte dir absagen, hatte aber deine Nummer nicht dabei.»

Ich nicke, versuche meine Enttäuschung wegzunicken.

«Timo hatte gestern Geburtstag. Der Zirkus gastiert für ein paar Tage in Madrid. Sie wollte ihn überraschen, ihn nach der Vorstellung mit Sekt abpassen.» Sie lacht. «Das hat ihn fast umgehauen.»

Wieder bleibt mir nichts anderes übrig, als zu nicken. Da ist etwas, das ich kaum ertrage, aber ich weiß nicht was. Warum spricht sie mit mir, als ob wir uns ständig sehen würden, als ob ich mir bestens vorstellen kann, dass ihre Tochter spontan nach Madrid reist, um ihren Mann zu überraschen, und dass ein Clown auch jemand ist, der gern überrascht wird.

«Vielleicht kommt sie ja gleich, keine Ahnung. Trotzdem soll ich dich fragen, ob du ein andermal wiederkommen kannst.» Manchmal zuckt es um ihre Mundwinkel.

«Natürlich», sage ich.

Aus der Plastiktüte, die ich bei mir habe, ziehe ich den kleinen in rotes Geschenkpapier eingewickelten Eisbären.

«Den lass ich auf jeden Fall hier», sage ich.

«Aber du willst ihn doch bestimmt kurz sehen. Er wird gleich wach. Dann bist du nicht ganz umsonst da gewesen.»

Nicht ganz umsonst.

«Wie lange kennt ihr euch jetzt schon, Lin und du?»

«In diesem Sommer sind es acht Jahre.»

Sie schaut auf das Päckchen in meiner Hand.

«Da ist ein kleiner Eisbär drin», sage ich.

«Wie reizend! Willst du etwas trinken? Es ist so heiß draußen. Ein Glas Bier?»

«Gern.»

Sie zeigt auf den Esstisch.

«Dann setzt dich doch bitte.»

Sie geht in die Küche, ich nehme am Tisch Platz.

Dort liegen ein paar Zeitschriften und Fotos, vom Baby, aber auch von den Dreien. Es ist das erste Mal, dass ich Lin wiedersehe. Ihre Haare sind kürzer, ansonsten scheint sie sich kaum verändert zu haben.

Allerdings fällt mir auf, dass sie nicht lacht. Unbeholfen hält sie das Baby, als wäre sie gerade mit den Gedanken woanders. Sie sitzt auf dem dunkelblauen Sessel, auf dem ich gerade sitze. Hinter ihr steht Timo. Er macht ein freundliches, aber zugleich ernstes Gesicht. Er hat schwarze Haare und dunkle Augen – ein Mann, den Frauen attraktiv finden.

«Dieses Foto habe ich vor zwei Wochen gemacht. An einem etwas schwierigen Vormittag.» Tosca stellt mir eine Flasche Bier und ein hohes Glas hin.

Ich schaue sie an. In was zieht sie mich da mit hinein?

«Ich werde oft unheimlich müde, aus heiterem Himmel. Hinzu kommen Kopfschmerzen. Die habe ich schon lange, aber ich dachte, das geht wieder vorbei. Ich bin zum Hausarzt, und der hat gemeint, ich muss zum Spezialisten. Das hatte ich zu diesem Zeitpunkt gerade hinter mir.»

Kurz herrscht Stille. Das Lachen in ihren Augen ist immer noch da.

«Wir haben uns angeschaut, Lin und ich. Und da wusste ich, dass sie weiß, was ich weiß. Wir haben nichts gesagt, und ich meinte, lasst uns doch bitte etwas Schönes machen! Soll ich ein Foto von der frisch gebackenen Familie knipsen?»

Sie will die unbeschwerte Atmosphäre beibehalten, und ich will das auch. Vielleicht geht das auch gar nicht anders in dieser Wohnung. Geschehnisse, die erst noch geschehen müssen, haben hier nichts zu suchen. Die Fotos, die ich gerade gesehen habe, liegen auf einer Zeitung. Sie ist bei einem Artikel über ein in Australien vermisstes Baby aufgeschlagen. Man geht davon aus, dass es von einem Dingo gefressen wurde. Tosca sieht, dass mein Blick auf den Artikel fällt, auf Fotos von der Mutter und dem Zelt, in dem die Familie übernachtet hat.

«Gruselig», sagt sie. «Dass man nicht genau weiß, was passiert ist.»

Ich schiebe die Zeitung von mir weg. Das sind keine Nachrichten, die hierher gehören. Warum sollen wir uns über solche Vorfälle unterhalten? Was bringt es uns, davon zu wissen? Welchen Mehrwert hat diese Information für uns? Sie lässt uns erkennen, dass alles zerbrechlich ist, ja. Ist es sinnvoll, das zu erkennen? Die Nachricht vom Baby und dem Dingo ist etwas anderes als Berichte über Luftangriffe irgendwo auf der Welt. Bei letzterem geht es um Spannungen und Beziehungen in der Zeit, in der wir leben.

«Grübelst du?», fragt Tosca.

Keine Frage, die man jemandem stellt, den man gerade erst kennengelernt hat. Warum tue ich mich so schwer damit? Weil es sich so anfühlt, als würde mit Tosca etwas von mir Besitz ergreifen. Tosca schafft das – vermutlich ohne zu merken, dass sie das tut.

«Grübeln? Nein, ich habe bloß über die Welt nachgedacht. So eine Meldung aus Australien geht einem für kurze Zeit sehr nahe. Sollte das Kind tatsächlich von einem Dingo gefressen worden sein, ist das schrecklich, aber schon morgen habe ich es wahrscheinlich wieder vergessen. Es berührt einen kurz, doch gleich darauf hat man das Gefühl, es wäre nie passiert.»

«Meine Eltern wollten früher nach Australien auswandern. Nach dem Krieg, weg aus dem zerstörten Europa. Aus Angst, dass das alles wieder von vorne losgeht – warum auch nicht? Ich war fünf, als der Krieg vorbei war. Manchmal haben wir uns von Verwandten verabschiedet, die für immer fort sind, aber das muss später gewesen sein. Dann sind wir nach Rotterdam gefahren. Da lagen diese Riesenschiffe – die ganze Reling voller Fähnchen und Luftschlangen, wenn ich mich nicht irre, aber so genau weiß ich das nicht mehr. Wir haben lange gewunken, bis das Schiff ganz klein war. Mich haben diese Worte tief beeindruckt: für immer. Es war das Beeindruckendste, was ich bis dahin gehört hatte.»

Sie schweigt kurz. «Heute geht niemand mehr für immer fort. Kennst du jemanden, der für immer fortgegangen ist? Nicht jemand, der gestorben, sondern ans andere Ende der Welt gezogen ist. Meine Eltern sind übrigens nicht ausgewandert, haben es aber später bereut. Kennst du jemanden?»

«Nein. Wenn ich ehrlich sein soll, habe ich manchmal

selbst Lust darauf. Vor allem wenn ich Freiraum brauche, und den brauche ich oft.»

«Fühlst du dich schnell von anderen genervt?»

«Na ja, was heißt hier genervt? Sie rücken mir manchmal zu dicht auf die Pelle. Viele Menschen haben die Neigung, einem auf die Pelle zu rücken.»

«Und du willst lieber in Ruhe gelassen werden?»

«Ja, meist schon: Umarm mich und lass mich gleich wieder los.»

«Was sagst du da?»

Ich staune tatsächlich, dass ich das sage. Ich sage das öfter, wenn ich mich beschreiben will, aber niemandem, den ich kaum kenne.

«Ja, so ist das bei mir: Umarm mich und lass mich gleich wieder los.»

Auf einmal habe ich das Bedürfnis, ihr das von Lin und mir vor acht Jahren zu erzählen. Auch dass ich ansonsten nichts über sie weiß, vielleicht aber auch alles, weil sie zu etwas gehört, das in mir ist. Welches Wort könnte das treffen? Seele?

Sie lacht, hebt den Zeigefinger und schaut zur Treppe.

«Er ist aufgewacht.»

ALLES VERSTRÖMT KÄLTE

Ich höre das Geräusch, das das Kind macht, es hört sich an wie ein Lachen. Ich höre Lins Mutter leise singen, entdecke ein großes Schwarzweißfoto an der Wand gegenüber. Es ist in Paris aufgenommen worden, vor der berühmten Buchhandlung Shakespeare & Company in der Rue de la Bûcherie. Ich bin vor noch gar nicht langer Zeit selbst dort gewesen. Ich gehe näher ran. Meiner Meinung nach ist das Foto morgens gemacht worden, das glaube ich am Licht zu erkennen. An einem Wintermorgen. Es liegt kein Schnee, aber alles verströmt Kälte. Lin steht vor der Buchhandlung und winkt, sie trägt einen langen weißen Mantel. Das ist das zweite Mal, dass ich sie nach dem Sommerlager wiedersehe, beide Male auf einem Foto. Sie winkt lachend, mit einem eingepackten Buch in der Hand. Wieder betrachte ich ihr Gesicht, wieder stelle ich fest, dass sie sich kaum verändert hat. Dann sehe ich, dass sie schwanger ist. Das Foto ist noch gar nicht so alt.

«Ein schönes Foto von Lin!», rufe ich nach oben. Gern würde ich zu Hause einen Abzug davon aufhängen, über meinen Schreibtisch. Wäre Lin hier, könnte ich sie einfach darum bitten. Ich bin mir sicher, dass sie es nicht seltsam finden würde.

Ihre Mutter steht oben auf dem Treppenabsatz. «Welches Foto?»

«Das aus Paris.» Ich zeige darauf, trete wieder näher, um Lins Gesicht zu mustern.

Dann geschieht etwas. Ich schau nach oben. Ihre Mutter hat nicht auf das Foto reagiert, auf das ich gezeigt habe. Ich sehe sie auch nicht mehr. Mir wird kalt, und ich starre in die überwältigende Stille, eine Stille für die mir das Wort «vollkommen» durch den Kopf schießt, eine Stille, in der sich alles, woraus sie besteht, gegenseitig eliminiert – auch so ein Wort, das mir durch den Kopf schießt, «eliminieren», selbst wenn es die Sache nicht wirklich trifft.

DURCH MEINE WUT

Noch immer riecht es leicht süßlich in dieser Herbst-nacht. Ich versuche mich an die Wut von vorhin zu er-innern, an die Wut, die so weit weg ist. Kann es sein, dass sie auf einmal verraucht, spurlos verschwunden ist? Dass etwas einfach verpufft – so wie man umgekehrt eine plötzliche Eingebung haben kann, ohne zu wissen, woher? Wie Regen, der auf einmal aufhört. Wie Menschen, die einem plötzlich abhandenkommen. Oder wie ein Einfall, der plötzlich aufblitzt. Die Gewissheit, dass man von irgendwo weg muss.

Soll ich Aimee anrufen und ihr sagen, dass ich nicht mehr wütend bin? Aber vielleicht ist sie es noch. Oder zumindest fassungslos. Ich verschicke nur selten SMS, aber jetzt tue ich es: *Wut verraucht. Tut mir so leid. Ich geh noch ein bisschen spazieren. Gewissermaßen durch meine Wut hindurch. Denn daraus besteht die heutige Nacht. Kuss.*

Ein Tastendruck. Deshalb verschicke ich nur selten eine SMS. Oft bereue ich eine Formulierung schon in dem Moment, in dem sie davonsaust. Jetzt auch. Alko-holseliges Pathos!

Ich komme an dem Blumenladen vorbei, in dem ich vor ein paar Tagen einer früheren Freundin begegnet bin. Ihr und ihrer Tochter – denn dass es ihre Tochter war, sah ich sofort: Sie waren durch eine leise, selbstverständliche Geste miteinander verbunden, die mich rührte, weil sie ein Ausdruck von Nähe war, die in meinem kinderlosen Leben nicht vorkommt.

Sie kauften Blumen, die Freundin gehört zu einem Früher, das sich Mitte der Siebzigerjahre abgespielt hat. Sie studierte damals Kunstgeschichte. Ich hatte das als Nebenfach und schrieb eine kleine Seminararbeit über Courbet. Der Dozent, der mich benoten musste, stellte den Kontakt zu ihr her, zu Martine Hamers.

Wir fuhren für zwei Tage zusammen nach Paris, um uns im Musée d'Orsay Courbets Werk anzuschauen. Das wäre zu Hause auch gegangen, anhand von Büchern voller perfekter Reproduktionen, aber ich behauptete, ich müsse die Originale sehen, weil ich Lust auf Paris hatte, Lust mit ihr in Paris zu sein – eine Lust, die sich noch steigerte, als sie meinte, sie finde die Idee prima: «Sollen wir gleich morgen früh den Zug nehmen?»

Da war etwas zwischen uns, mit dem wir allerdings nicht umzugehen wussten. Dafür waren wir viel zu verlegen. Hinzu kam meine Angst, mich einzulassen, obwohl ich damals kurz dachte: Warum nicht mit ihr weiterleben? Und sei es nur wegen ihrer Warmherzigkeit. Ich glaube, dass ich das mit am attraktivsten überhaupt finde: Warmherzigkeit.

Als wir am Abend aufs Hotelzimmer gingen, waren wir so beschwipst, dass wir uns bloß totlachten und die unverschämten Pariser Kellner nachahmten. Ich hatte noch eine Flasche Champagner aus einem Schaufenster neben dem Eingang mitgehen lassen – so ein peinliches Stillleben mit massenweise Eiswürfeln und ein paar Krebsen.

Am nächsten Morgen wachten wir eng umschlungen auf, aber es war nichts passiert. Doch wir sagten, dass wir es schön, nein tröstlich fänden, eng umschlungen aufzuwachen. Es war auch das Normalste der Welt – bei ihrer Warmherzigkeit!

Danach hielten wir noch eine Weile Kontakt, der aber abbrach, als ich nach Arnheim zog. So läuft das eben.

Martine sieht so aus, wie ich sie mir damals als ältere Frau vorgestellt habe. Bei manchen Frauen ist das so: Dass sie immer noch derjenigen ähneln, die sie einst gewesen sind – auch was ihre Denke, ihre Wortwahl betrifft. Das ist so was von bezaubernd, immer noch.

Ich hatte sie noch einmal in einer Fernsehsendung gesehen. Worüber sie sprach, weiß ich nicht mehr, über Bildende Kunst, das schon, dafür weiß ich noch, wie sehr ich ihre klaren Formulierungen genoss. Jedes Wort funkelte. Diese Klarheit ist typisch für sie. Sie versucht gar nicht erst, mehr darzustellen als sie ist, auch äußerlich nicht.

Sie erkennt mich ebenfalls auf Anhieb, lacht und ahmt den arroganten Gang des Kellners nach, den wir an bewusstem Abend in Paris in der letzten Kneipe am Hals hatten. Nichts ist lange her, gar nichts.

Ihre Tochter macht ein erstauntes Gesicht und lacht ebenfalls. Sie haben dasselbe Lachen, das befreite Lachen eines Menschen, der ein Gewinnlos gezogen hat. Sie dürfte um die zwanzig sein.

«Das ist Sara», sagt sie.

«Hallo, Sara.»

Wir erzählen kurz, was wir so machen, sprechen über Amsterdam. Sie haben nicht viel Zeit, müssen jemanden besuchen, der für immer nach Australien geht. Diese unmöglichen Worte: für immer.

«Ich bin nicht gut im Abschiednehmen», sagt Martine. «Als ich das letzte Mal an dich gedacht habe, ist mir klargeworden, dass wir uns nie verabschiedet haben.»

«Vielleicht weil das gar nicht nötig war», erwidere ich. «Weil wir uns irgendwann schon wieder über den Weg laufen würden. Und siehe da! Man sollte das Abschiednehmen generell auf ein Minimum begrenzen. Alles andere bedeutet, das Leben und den Zufall nicht ernst zu nehmen.» Warum erzähle ich ihr nicht, was ich damals über sie gedacht habe? Diese Gedanken gelten natürlich nicht mehr, aber es ist durchaus aufrichtig, sie auszusprechen.

Kurz darauf schlage ich vor: «Dann sagen wir jetzt Auf Wiedersehen. Denn das ergibt sich bestimmt irgendwo. Wir leben in einer räumlich begrenzten Welt. Wir gehen nicht für immer fort.»

Ihre Tochter sagt: «Einen schönen Tag noch, Meneer!» Das ist erst wenige Tage her. Ich werfe einen Blick auf den Blumenladen. Was war da gleich wieder, als sie «Einen schönen Tag noch, Meneer» sagte?

Ja, auf einmal war ich uralt. Ich selbst finde mich überhaupt nicht alt – nicht, weil ich unbedingt jung bleiben will, auf keinen Fall –, aber ich finde, dass ich erst alt bin, wenn ich nicht mehr alles tun kann, was ich jetzt tue. Was ist das? Eine Befindlichkeit? Auf einmal fand ich sie nur noch lächerlich und spürte eine fast lebensumspannende Distanz zwischen mir und dieser Frau, die ich nicht weiter kannte. Nie mehr kann ich sie so erreichen, wie das damals gegangen wäre, als ich noch jung war. Es geht mir nicht darum, attraktiv auf sie zu wirken oder so, aber die Zeit verortet uns für immer in streng voneinander getrennten Welten, die zwar durch eine baufällige Brücke miteinander verbunden sind, über die ich mich aber nicht traue, weil ich dafür ein wenig zu hölzern geworden bin, so sehr ich mich auch im Fitnessclub abstrample. Die würde sich totlachen!

INDIAN SUMMER

Ein Mann ist vor einem der Läden stehen geblieben, an denen ich fast täglich vorbeikomme. Es ist ein Laden, in dem billige Souvenirs verkauft werden, mit einem Schaufenster voll seltsam-kitzelndem Licht.

Er steht da, als würde er auf jemanden warten. Es ist, als gäbe es zwei Abende – den Abend, durch den ich laufe, und den Abend, in dem er sich befindet. In mir nimmt etwas seinen Lauf, das diese beiden Abende zu einem Abend verschmelzen lässt, zu einer Geschichte, die mir zustößt. Als ich keine zehn Meter von ihm entfernt bin, erkenne ich ihn.

Vor ein paar Tagen klingelt es vormittags bei uns: Ein freundlicher untersetzter Mann steht vor der Tür. Er spricht Englisch und sagt, dass er gekommen ist, um das Dach zu begutachten: Das Haus eines Nachbarn wird stark umgebaut, und weil der Nachbar Angst hat, der Umbau könnte die immerhin jahrhundertealten Nachbarhäuser beschädigen, hat er eine Versicherungsfirma eingeschaltet. Die will jetzt Fotos machen. Solche Sachen verfolge ich stets nur am Rande und bekomme bloß die Hälfte von dem mit, was man mir sagt.

Deshalb frage ich den Mann, ob er von der Versicherung ist. Ja, das ist er.

Warum wird jemand aus England damit beauftragt? Er sagt, dass er schon eine ganze Weile für die Firma arbeitet und ein Experte ist, der bei seinen Kollegen hohes Ansehen genießt.

Warum frage ich ihn nicht nach dem Namen der Firma? Wovor drücke ich mich, indem ich diese Frage nicht stelle?

Ich führe ihn auf die Dachterrasse, wo wir über das schöne Wetter reden, was aus meiner Sicht überflüssig ist. Aber der Gutachter tut das gern, denn «Wetter kann gute Laune machen». Ein Gespräch übers Wetter kann mich manchmal in den Wahnsinn treiben, ohne dass ich es laut sage – ich weiß mich schließlich zu benehmen.

Es ist tatsächlich ein wunderschöner Herbsttag, das letzte sanfte Aufbäumen eines Indian Summer – so als wäre das Sonnenlicht träge und von einer ganz besonderen Stille erfüllt. Von hier oben sieht die Stadt aus, als ob nichts passieren kann, als ob die Stadt jeden hegt und pflegt, der darin lebt und sich darin bewegt – aber auch, als ob das schon seit Jahrhunderten so wäre.

In der Zwischenzeit schaut er sich das Dach an. Er hat sich nach meinem Vornamen erkundigt, den er oft einstreut, als ließe sich so eine praktische Nähe herstellen. Vielleicht möchte er auf diese Weise auch meine Aufmerksamkeit fesseln. Vielleicht merkt er, dass ich jemand bin, der sich schwer tut, Kontakte zu knüpfen.

Durch einen schmalen Durchgang zwischen zwei Häusern zwängt er sich zur Straßenseite.

«Da muss schon das ein oder andere gemacht werden», sagt er. «Aber damit sollten Sie jemanden beauftragen, wenn der Winter vorbei ist. Das hat keine große Eile. Oh, aber da ...»

Ich bleibe an den Worten «Wenn der Winter vorbei ist» hängen. Die höre ich öfter, denn Winter folgen schnell aufeinander. Darin schlummert Wehmut. Und ein Versprechen. Ich habe immer das Gefühl, dass ich mich im Winter ein bisschen verstecke, dass dann alles langsamer vonstattengehen darf als davor oder danach, und dass ich, wenn es länger hell wird, in eine neue Zeit eintrete. In den letzten Jahren überschlage ich oft, wie viele Winter mir noch bleiben. Wie oft werde ich noch sagen, «Wenn der Winter vorbei ist»? Wenn ich darüber nachdenke, bin ich selten sentimental, sondern rufe mich eher zur Ordnung.

Jetzt ist noch nicht Winter, erst kommt der Herbst, bei dessen Anfang ich immer an meinen Vater denken muss. Der hat oft gesagt: «Wir sind Herbstkinder, mein Sohn und ich.»

Ich erinnere mich noch an einen Sonntagnachmittag Ende September, die Fenster stehen weit offen, ein frischer Duft hängt im Zimmer. Ich gehe in die achte Klasse Gymnasium, habe gerade auf meinem Zimmer ein sensationelles Buch mit moderner niederländischer

Lyrik gelesen – Gedichte, die ich genauso aufregend finde wie den ersten Rock 'n' Roll meines Lebens.

«Wir sind Herbstkinder, mein Sohn und ich», so mein Vater. Meine Mutter lacht und macht eine wegwerfende Geste: Sie findet, das klingt so arrogant.

Mein Vater nickt und sagt, er sei «ein Sonntagskind im Herbst», weil er im Leben stets Glück gehabt habe, aber …

Meine Mutter unterbricht ihn: «Was heißt hier aber? Heißt das, du bist doch nicht wirklich zufrieden, denkst insgeheim, dass es noch besser sein könnte oder hätte sein können?»

«So meine ich das gar nicht», sagt mein Vater schuldbewusst.

«Das weiß ich doch längst, mein Lieber», erwidert meine Mutter. «Ich zieh dich bloß damit auf. Ich weiß genau, aus welchem Holz meine Männer geschnitzt sind. Im Grunde könnt ihr das Glück nicht ertragen. Es ist einfach zu viel für euch. Vielleicht weil ihr glaubt, kein Anrecht darauf zu haben. Und ich weiß auch, warum ihr das glaubt! Weil ihr nichts dafür tun musstet.»

Meine Mutter setzt sich auf seinen Schoß, und meine fast zehnjährige Schwester bekommt einen Lachkrampf. Meine Mutter sieht sie an, hebt den Daumen und sagt dann zu meinem Vater: «Was hast du für mich denn schon tun müssen? Nichts oder? Ich war da, hab dich gesehen und gesagt: Bei dir bleibe ich. So ist es doch gewesen oder etwa nicht?» Zu mir sagt sie: «Bei dir wird es genauso laufen. Alles was du brauchst, fällt dir in den Schoß.»

Solche Momente finde ich manchmal schwierig. Und was ist mit Becky?, frage ich mich. Ja, die ist ihnen auch in den Schoß gefallen, «in ihr Leben geschneit», war aber auch auf einmal wieder weg. Ich weiß, wie sehr meine Eltern um sie trauern. Ich sehe oft, wie sie das Foto auf der Fensterbank betrachten: Becky, die fröhlich lachend an ihrem Gitarrenkoffer lehnt – ein perlendes Lachen, das der Welt jetzt fehlt.

Meine Eltern sagen, dass Kummer nie die Oberhand gewinnen darf. Man müsse lernen, dass so etwas einfach zum Leben dazugehört, und wenn man das lerne, werde das Leben dadurch sinnvoller. Mit dem Wort «sinnvoll» habe ich nach wie vor meine Schwierigkeiten. Ich finde es auch viel zu allgemein: Man muss lernen, dass so etwas zum Leben dazugehört. Alles, wirklich alles gehört zum Leben. Trotzdem weiß ich, dass sie es ernst meinen, dass sie darüber nachgedacht und miteinander, aber auch mit Freunden über dieses Thema gesprochen haben. Manchmal fange ich diese Gesprächsfetzen auf, auch solche, die um Kummer und Trauer kreisen. Wenn sie finden, dass etwas nun mal zum Leben dazugehört, sagen sie das nie, um das Thema abzuhaken, denn sie bemühen sich sehr zu verstehen, wie genau es zum Leben dazugehört, welchen Platz es darin einnimmt.

Als ich *Blonde on Blonde* von Bob Dylan zu Weihnachten geschenkt bekam und natürlich schon so einiges über ihn wusste – auch dass er in Greenwich Village angefangen hat, dem Viertel, in das Becky ziehen wollte – dämmerte mir, dass sie sich hätten kennenlernen können. Auch Becky hätte die Frau aus den Niederen Landen sein können, die Frau mit den traurigen Augen, die er im längsten Lied besingt, das ich je gehört habe. Doch Becky hatte keine traurigen Augen – aber dort vielleicht, solange sie noch nicht weiß, wie sie zu dem Leben dazugehören soll, für das sie sich entschieden hat. Wäre sie noch unter uns, würde ich sie baldmöglichst besuchen. Und noch während ich das denke, besuche ich sie auch so – indem ich das denke. Aus Denken wird schnell Ausdenken, und wenn ich mir ausdenke, dass ich sie besuche, besuche ich sie ebenfalls, denn was ich mir ausdenke, ist wahr.

Becky war kein Sonntagskind im Herbst.

Der Dachgutachter geht auf die Knie und rüttelt an der untersten Ziegelreihe. Er bittet mich, kurz zu gucken. Ich finde es nicht so toll, mich durch den schmalen Durchgang zu quetschen, aber ich tue, worum er mich bittet, während mich langsam das Gefühl beschleicht, dass ich das lieber nicht tun sollte.

Er löst einen Ziegel und zeigt auf den kleinen

Balken darunter. Er hält ein Gerät daran, das ich noch nie gesehen habe. Es erinnert mich an einen Elektroschocker.

«Völlig verfault», stellt er kopfschüttelnd fest und macht ein betrübtes Gesicht. Vielleicht gehört der Balken zu einer Welt, an die er zunehmend den Glauben verliert.

«Aber da kann die Versicherung auch nichts machen», sage ich – in erster Linie, um überhaupt irgendwas zu sagen. Nein, nicht nur deswegen: Ich möchte in dem Mann auch weiterhin einen Versicherungsheini sehen.

«Stimmt», sagt der Mann. «Aber wissen Sie was? Ich repariere das schnell für Sie. Einfach ein neuer Stützbalken. Da ist im Nu erledigt, in zwanzig Minuten.»

Er sieht mich gut gelaunt an. «Vierzig Euro und eine Tasse Kaffee.» Engländer können von einer Tasse Kaffee reden, als wäre sie ein Sechser im Lotto.

«Das ist sehr freundlich von Ihnen», erwidere ich. Wie gern hätte ich, dass alles, alles heil bleibt!

«Bei so schönem Wetter mach ich das gern.»

Wir zwängen uns aus dem Durchgang und gehen nach unten.

«Sie bräuchten einen Lift», sagt er. Alles, was er sagt, klingt nach Vertretergeschwätz, als hätte er es auswendig gelernt und wäre froh, endlich den richtigen Ton getroffen zu haben.

«Ich hol kurz ein wenig Material. Und den Stützbalken natürlich. Ich bringe einen Kollegen mit.»

Ich weiß nicht, wo er den herholen will, diesen Stützbalken. Und diesen Kollegen. Ich muss hier bleiben und warten und frage mich inzwischen, wie ich es vermeiden kann, gestört zu werden. Immer ist irgendwas: das Telefon, die Türklingel, jemand, der mir auf der Straße ein Abo oder seinen Glauben andrehen will.

Kurz darauf steht er wieder vor der Tür, zusammen mit diesem Kollegen: «Er nimmt zwei Stück Zucker, ich eines.»

Er lacht. Ich auch. Der Kollege lacht ebenfalls. Drei lachende Männer in der goldenen Herbstsonne. Der Kollege hat ein trauriges, blasses Gesicht und viele knallrote Pickel. Er hat einen hellblauen Rolli an, wie ihn sonst nur kräftige Frauen mit einer praktischen Kurzhaarfrisur tragen.

«Ich kenn mich ja inzwischen aus. Habe ich Ihnen schon gesagt, dass Sie einen Lift brauchen?»

«Ja, das haben Sie.»

Als ich kurz darauf mit dem Kaffee auf der Dachterrasse stehe, liegen dort mindestens fünf Dachziegelstapel. Es ging doch nur um einen kleinen Stützbalken?

«Riecht gut, der Kaffee», sagt der Kollege. Er spricht ebenfalls Englisch und notiert sich etwas auf einem Blatt, das von einem Klemmbrett gehalten wird.

«Was ist denn hier los?», frage ich, während mich leise Panik erfasst.

«Man kann eine Wunde erst dann richtig beurteilen, nachdem man das Pflaster abgerissen hat», sagt der erste Mann. «Und das hier sieht gar nicht gut aus.» Wieder hält er den Elektroschocker ans Holz.

Ich habe keine Lust, mich wieder durch den engen Durchgang zu quetschen. Ich will, dass sie wieder gehen.

«Ich werde das bei Gelegenheit anschauen lassen», sage ich. «Ich schlage vor, dass Sie den neuen Stützbalken einbauen und anschließend alles wieder zudecken.»

Er sieht mich an, und ich merke, wie abwegig er meinen Vorschlag findet.

«Das geht jetzt nicht mehr», sagt er. «Ich habe die anderen Balken ebenfalls entfernt.

Wie kann das sein, in so kurzer Zeit?

«Dann setzen Sie sie eben wieder ein», sage ich.

«Das geht nicht mehr, aber wir machen Folgendes: Für 2900 Euro bar auf die Hand bringe ich alles wieder in Ordnung. Sie müssen sich allerdings gleich entscheiden.»

«Jetzt gleich?»

«Jetzt gleich.»

«Ich möchte im Vorfeld wenigstens ein konkretes Angebot sehen, tendiere aber eher dagegen. Ich habe jemand anders für solche Dinge.»

«2900 Euro. Das ist nicht viel Geld.»

«Ich finde das zu viel, erst recht ohne konkretes Angebot.»

Die Männer sehen sich an. Gleich stoßen sie mich vom Dach und nehmen anschließend alles mit, was sie für wertvoll halten. Das wäre gar nicht mal so ungewöhnlich.

«Ich bringe Ihnen heute Abend ein Angebot», sagt der erste Gutachter.

Ich weiß, dass er das nicht tun wird, und er weiß das auch. Höchste Zeit, dass wir uns trennen, die Atmosphäre wird unangenehm.

«Und das hier?» Ich mache eine weit ausholende Geste.

«Es wird in nächster Zeit nicht regnen.»

«Es ist Herbst.»

«Es wird in nächster Zeit nicht regnen.»

Ohne ein weiteres Wort gehen wir nach unten und nach wie vor schweigend verlassen sie mein Haus. Auch das ist nicht weiter ungewöhnlich.

Den Gutachter habe ich tatsächlich nie wiedergesehen.

Als Aimee bald darauf nach Hause kam, und ich ihr erzählte, was passiert war, sagte sie, sie habe das Gefühl, das Haus wäre beschmutzt und sie könne mit der Situation gerade gar nicht gut umgehen. Ihr wäre das ganz bestimmt nicht passiert, da bin ich mir sicher. Sie verfügt über einen Abwehrmechanismus, der bei mir nur schwach ausgeprägt und eher theoretisch vorhanden ist.

«Du musst zur Polizei gehen und Anzeige erstatten», sagte sie. «Das ist Betrug. Wir müssen dafür sorgen, dass das Dach wieder in Ordnung gebracht wird.»

Am Tag darauf ging ich zur Polizei. Dort hieß es, man könne leider nichts tun, da ich die Leute selbst reingelassen und mit der Reparatur beauftragt habe. Der Beamte, mit dem ich über den Fall sprach, war schwer bewaffnet, trug Gummiknüppel, Pistole, Funkgerät und Handschellen – das Einzige, was fehlte, war ein Helm, ganz so, als wäre er drauf und dran, eine Menschenmenge in Schach zu halten. Meine Beschwerde ließ ihn vollkommen kalt.

IN DER KLEMME

Der Mann, der vor dem Souvenirgeschäft steht, ist der Gehilfe des Dachgutachters, der Kollege mit dem blassen Gesicht. Ich merke, dass er mich seinerseits erkennt. Er rührt sich nicht von der Stelle.

«Sie sind sicher sehr stolz auf sich», sage ich und merke sofort, dass das keine gute Idee ist. Die Wut, mit der ich gerade von Aimee weg bin, verwandelt sich in eine andere Wut. Worüber haben wir gleich wieder gestritten? Aimee beruhigt sich nach so einem Streit meist schnell wieder, sie wird hoffen, dass ich das auch tue und wie sooft durch die nächtliche Stille irre, durch ein anderes Leben als tagsüber.

Vorhin war ich natürlich vor allem wütend auf mich selbst, aber jetzt erfasst mich eine Aggression, die ich kaum kontrollieren kann. Vielleicht sollte ich lieber auf dem Absatz kehrt machen, zum Anfang der Straße zurücklaufen und sie dann erneut betreten, vielleicht ist er ja dann wieder weg. Ich mache nicht kehrt, ich sage: «Haben Sie nichts Besseres zu tun, als Leute zu belästigen?»

Wenn ich mich konzentriere, spreche ich ziemlich gut Englisch, aber die Worte sind mir einfach so herausgerutscht. Auch die Geschwindigkeit, mit der sie aus mir herausströmen, erstaunt mich – als ob jemand anders aus mir spricht.

Nach wie vor rührt er sich nicht. Sein Gesicht verrät nicht, was meine Worte bei ihm auslösen. Meine neue Wut wächst.

«Für mich sind Sie eine dreckige Ratte! Eine Ratte, die sich einfach so Zutritt zu Privateigentum verschafft!»

Vielleicht sollte ich aufhören und weitergehen. Es ist mehr als offensichtlich, dass meine Worte keine Wirkung zeigen.

«Ich werde Sie anzeigen.» Wie jämmerlich das klingt!

Dann gehe ich weiter, möchte es zumindest, aber als ich an ihm vorbei will, packt er meinen rechten Arm, gleich über dem Ellbogen. Die Hand, die das tut, ist wie ein Schraubstock. Er starrt weiter vor sich hin. Ansonsten ist niemand auf der Straße zu sehen.

«Haben Sie ein Handy?», fragt er.

Wann in meinem Leben habe ich Angst gehabt?

«Haben Sie ein Handy?»

Langsam koche ich vor Wut. Er stellt eine Frage, die ich gelassen beantworten kann, trotzdem ballen sich meine Fäuste, und mir entweicht ein Knurren. Ich nehme deutlich wahr, dass das geschieht, gleichzeitig frage ich mich, was das eigentlich soll.

«Ja, ich habe ein Handy. Ja.»

Was ich da sage, ist lächerlich, aus Empörung und Ohnmacht bin ich laut geworden. Ich hasse seine

Stimme, ich hasse die unverschämte, fordernde Art, mit der er mich das fragt. Mit seiner Rechten umklammert er meinen rechten Oberarm, während er mir die andere Hand fragend hinhält, fordernd. Nach wie vor schaut er nicht mich an, sondern ins Leere.

«Warum?», frage ich.

Er antwortet nicht – seine geöffnete Hand ist nach wie vor eine fordernde Frage. Ich werfe einen Blick ins Schaufenster. Es ist ein Laden, den man dem Erdboden gleich machen sollte. Hässlichkeit muss mitleidslos vernichtet werden. Fast alles ist hässlich, fast alles ist voller Hässlichkeit, extrem voll von extremer Hässlichkeit, man könnte laut schreien.

«Geben Sie mir Ihr Handy», sagt er.

Ich wiederhole seinen Befehl – nein ich wiederhole das wichtigste Wort daraus: «Handy.»

«Geben Sie mir Ihr Handy.»

Mein Akku ist alle, wie ich gerade feststelle, aber ich habe keine Lust, das mit ihm zu besprechen.

Da biegt ein Polizeifahrzeug um die Ecke. Noch ehe ich weiß, wie mir geschieht, hat er die Tür zum Laden geöffnet und mich hineingestoßen. Das Polizeifahrzeug fährt langsam vorbei. Man hat keinerlei Interesse an dem, was hier geschieht, sondern an etwas anderem, das weiter weg ist.

Der Mann schaut mich an, zuckt mit den Schultern und zeigt auf eine Tür in der Ecke des Ladens.

«Was soll das?», frage ich. Nicht unfreundlich, wie mir auffällt, so als könnten wir über alles reden.

Wieder zeigt er darauf, ebenfalls nicht unfreundlich.

Wir gehen zur Tür, und erneut frage ich: «Was soll das bitteschön?»

Ich kann mich umdrehen und zum Ausgang gehen, vielleicht wird er versuchen mich aufzuhalten, aber ich kann ihn wegstoßen. Ich weiß nicht, ob ich stark genug bin, weiß nicht, wie stark er ist. Doch irgendwas lähmt meine Widerstandskraft, ich merke, dass der Alkohol seine Wirkung zeigt, seine volle Wirkung zeigt, trotzdem bleibe ich merkwürdig ungerührt. Das Wort «Knarre», fällt mir ein. Vielleicht hat er eine Knarre.

«Was soll das bitteschön?» Es ist lächerlich, so eine Frage drei Mal hintereinander zu stellen, eigentlich schon beim ersten Mal.

Er öffnet die Tür. «Warten Sie's ab.»

«Was?»

«Warten Sie's ab.»

Da bin ich hindurchgegangen, aber nicht aktiv, es ist einfach so passiert.

Er macht die Tür hinter mir zu. Ich höre den Schlüssel im Schloss. Ich werde nicht in Panik geraten, egal, was passiert!, denke ich, weil ich nichts denke. Manchmal kann ich das, auch wenn ich nicht weiß, ob ich das selbst hinbekomme oder das Denken.

Der Raum ist ein grell beleuchteter Büroraum, und

alles weist darauf hin, dass er nicht mehr benutzt wird – allein schon, weil es keine Computer gibt. Ein beruhigender, fast schon behaglicher Altpapiergeruch hängt in der Luft. Ich will zu dem großen Schreibtisch gehen, der mir gegenüber steht, ein Ungetüm wie aus amerikanischen Filmen, als ich auf einmal ein Geräusch höre. Ein leises Husten. Danach geht eine Klospülung. Jetzt erkenne ich auch einen Flur, schräg hinter einem Regal, in dem ausschließlich schwarze Ordner stehen. Das Klappern von Absätzen, dann eine Frau, die mich erstaunt ansieht, sie hat ein freundliches Gesicht.

«Ich glaub's einfach nicht!», sagt sie. Sie hat eine leise Stimme, trotzdem ist sie gut zu verstehen, weil sie Aufmerksamkeit fordert. Eine Stimme wie Nieselregen an einem stillen Sommertag.

Wir scheinen keine Angst zu haben, was mich sehr erstaunt. Vielleicht rührt ihr Erstaunen auch daher.

Ich kenne sie nicht, aber sie kommt mir irgendwie bekannt vor. Sie erinnert mich an eine französische Schauspielerin, die ich zum ersten Mal in der Verfilmung eines Romans von Kundera gesehen habe. Sie hat etwas Naives, aber auch Vornehmes und eine außergewöhnlich einnehmende Art – genau das ist das Wort: außer-gewöhnlich. Ich habe den Film Ende der Achtzigerjahre gesehen. Die Schauspielerin entsprach auf Anhieb dem Bild, das ich von der Frau schlechthin habe, die es so natürlich gar nicht gibt, der aber aus meiner Sicht alle Frauen ähneln sollten.

Selbst wenn ich vorhin doch Angst gehabt haben sollte, ist die jetzt weg – ihretwegen, wegen ihrer Stimme, ihrem erstaunten Lachen. Keine Ahnung, wie alt sie ist, ich muss aufhören, mich das zu fragen, denn diese Frage ist vollkommen überflüssig.

«Ich glaub's einfach nicht», wiederholt sie.

«Was glaubst du nicht?» Natürlich duze ich sie. Wegen dieser absurden Situation sind wir uns vertraut, haben bereits ein Bündnis geschlossen.

«Dass ich hier bin. Dass diese Tür verschlossen ist.»

«Bist du auch einfach mit ihm mitgegangen?»

«Er hat mich nach der Uhrzeit gefragt. Ich habe auf mein Handy geschaut, und er hat es mir weggenommen. Ich wusste sofort, dass mir das Handy egal ist. Dann ist ein Polizeifahrzeug gekommen, und er hat mich in den Laden gestoßen. Ich habe ihn gefragt, ob die Polizei hinter ihm her ist.»

Sie schweigt, schaut zur Tür.

«Und? Was hat er darauf gesagt?»

«Was er darauf gesagt hat? Ach so ja, dass er sich das eigentlich nicht vorstellen kann. Ich habe ihn gefragt, warum er sich dann so seltsam verhält.»

«Das hast du gesagt? Seltsam?»

«Ja, seltsam. Daraufhin meinte er nur: ‹Bloß zur Sicherheit.›»

Ich gebe ihr die Hand und nenne meinen Namen.

«Laura», erwidert sie.

«Habe ich dich schon mal irgendwo gesehen?»

Ohne ihre Antwort abzuwarten, gehe ich zur Tür und schlage zwei Mal dagegen. Ich spüre das massive Holz – das ist keine Tür, in die man ein Loch treten kann. Ich merke, dass ich davon ausgehe, hier im Nu wieder rauszukommen.

«Hat das Klo ein Fenster?»

«Nein, aber da hängt ein Plakat.»

Ein Plakat? Sie scheint die Situation nicht ernst zu nehmen, ganz so als würde uns bloß jemand weismachen, wir wären hier. Ich habe nach einem Fenster gefragt.

«Für das Plakat interessier ich mich eigentlich weniger, sondern ...»

«Es zeigt dieses berühmte Foto von Kafka. Er schaut direkt in die Kamera, mit diesem durchdringenden, ängstlichen Blick. Darüber rotes Gekritzel und darunter steht REMEMBER AKFAK. Ein bisschen punkig. Mein Vater war Kafka-Experte, ich bin mit ihm aufgewachsen. Sein Arbeitszimmer war voll von Kafka. Mein Vater auch.»

Kafka, in dieser Nacht. Mein Freund Bart hat sich mit ihm identifiziert. In diesem Herbst ist er bereits seit zwei Jahren tot. Und jeden Tag macht mir sein Tod wieder aufs Neue zu schaffen. Hans Fontein und ich sind aus einem Leben übrig geblieben, das einst in unserer katholischen Heimatstadt begann, in der Stadt mit dem blauen Himmel, den goldenen Herbsttagen und mit den jauchzenden Sonntagsglocken, mit Unmengen von Leuten, die immer alles besser wussten.

Wenn Hans doch jetzt hier wäre! Immer wenn ich mir etwas mehr Halt wünsche im Leben, gehen wir einen Wein trinken, und dann sagt er mir, was ich tun soll, worüber er nie lange nachdenken muss.

«Sind wir nicht ein bisschen zu entspannt?», frage ich.

«Vielleicht kommt er gleich und bringt uns um.» So etwas habe ich noch nie zuvor ausgesprochen. Ich erschrecke nicht einmal darüber. «Einfach so. Er hat eine Dummheit begangen, aber wir sind hier, und das bringt ihn unter Umständen in Schwierigkeiten. Vielleicht findet er, dass wir verschwinden müssen.»

Laura lacht. Alles an ihr ist entwaffnend.

«Glaubst du wirklich, dass wir von diesem mickrigen Burschen was zu befürchten haben? Vertrau mir, der macht nichts, das ist ein echter Schlappschwanz. Sein Verhalten ist unbegreiflich, so wie es auch unbegreiflich ist, dass wir uns dermaßen haben einschüchtern lassen – mehr aber auch nicht. Vermutlich hat er längst das Weite gesucht.»

Ich erzähle ihr die Geschichte von der Begutachtung meines Hausdachs. Dass ich ihn daher kenne, dass er der Gehilfe des Dachgutachters gewesen ist, und dass ich ihm Kaffee gekocht habe.

«Siehst du? Nichts als Loser», sagt sie. «Und wir sind es heute Nacht womöglich auch: zwei Loser in einem einstigen Büro. Vielleicht besteht unsere Aufgabe darin, so schnell wie möglich dafür zu sorgen, dass wir keine Loser mehr sind. Was hattest du auf der Straße zu suchen? Wohin wolltest du? Nein, wir sind keine Loser, wirklich nicht! Wir sind hier, du und ich. Wir sind mehr Du und Ich als wir hier sind. Oder drücke ich mich zu unverständlich aus?»

Letzteres sagt sie mit einem Lachen, dem ich auf Anhieb verfallen bin. Noch nie habe ich jemanden so lachen sehen. Das Lachen erinnert mich ein wenig an Beckys verlegenes Lachen.

Ich sage nie, dass etwas lange her ist, doch Beckys Lachen ist verstörend lange her. Aber vielleicht denke ich das auch nur, weil mich alles enthemmt – der Ort, an dem ich mich befinde, und die Frau, die ich bis vor Kurzem noch gar nicht kannte, während es mir jetzt so vorkommt, als gehörte sie schon eine Ewigkeit zu mir.

Ich erzähle, dass ich Streit mit meiner Frau hatte, einfach nur weg wollte, vorhatte, mit der Fähre übers Wasser in den nördlichen Teil der Stadt zu fahren. Dass ich dort nachts gern herumlaufe, durch die nächtliche Stille.

«Macht sie sich denn keine Sorgen – deine Frau, meine ich?»

«Ich tu das öfter, sie ist daran gewöhnt.»

«An Streit?»

«Das auch. Aber ich meinte eher, dass ich durch die Stadt streife.»

«Ach so. Du kannst sie ja jetzt auch gar nicht anrufen.»

«Nein. Außerdem schläft sie bestimmt. Wenn sie morgen früh aufwacht, und ich nicht zurück bin, wird sie sich Sorgen machen. Aber noch ist es nicht morgen früh. Wie spät ist es? Ich habe keine Uhr.»

«Halb eins.» Sie setzt sich an den Schreibtisch, zeigt auf den Stuhl auf der anderen Seite des Schreibtisches. «Die Nacht ist noch lang. Vielleicht aber auch nicht. Warum streitest du?»

«Ich streite vor allem mit mir selbst. Ehrlich gesagt würde ich lieber über etwas anderes reden.»

Erneut zeigt sie auf den Stuhl gegenüber.

«Das Wichtigste, was ich im Leben gelernt habe, ist keine Angst vor dem zu haben, was ich nicht weiß oder kenne: vor der Zukunft. Das ist das Hier und Jetzt: Du und Ich. Und auch das wird irgendwie vorbeigehen – entweder schon bald oder morgen früh.»

Ja, etwas ganz Ähnliches habe ich mir vor kurzem auch gedacht: Dass ich mich mit dem zufriedengeben muss, was da ist, mich nicht mit dem aufhalten darf, was sich alles ändern muss. Aber das hier ist noch mal etwas anderes. Trotzdem beruhigt sie mich, sie scheint alles unter Kontrolle zu haben. Das macht mich fast schon neidisch und nicht nur neidisch, sondern vielleicht auch lächerlich.

Ich nehme auf dem Stuhl Platz, sie streckt spontan den Arm nach mir aus und nimmt meine Hand. Ich finde das angenehm, mehr als nur angenehm. Mir wird ganz heiß davon, und ich bin richtig gerührt deswegen. Ich schaue ihr in die Augen, die mich gerade nicht ansehen, sondern an mir vorbei, als wollte sie ergründen, welcher Ort auf dieser Welt uns zusammengeführt hat. Während sie so schaut, lächelt sie, es ist ein bezauberndes Lächeln, ein Geheimnis, das sie mit mir teilen will, denn sie schaut mich wieder an, erleichtert, und ihr Lächeln wird breiter. Sie hält meine Hand und nickt, als hätte sie mich ermahnt. Was ich wohl hier gemacht hätte, wenn ich allein gewesen wäre? Vermutlich wäre ich mit dem Stuhl, auf dem ich gerade sitze, auf die Tür oder Wand losgegangen: Ein sinnloses Unterfangen, denn hier herrscht Totenstille, und auch von außen dringt kein Geräusch zu uns herein – wenn überhaupt, dann von ganz weit weg, Geräusche, von denen ich denke, dass es sie gibt.

«Neulich hatte ich Freunde zum Abendessen eingeladen», sagt Laura.

«Lebst du allein?» Manchmal scheinen meine Fragen ein Eigenleben zu führen. Warum möchte ich das wissen? Vielleicht weil sie wie jemand wirkt, der zu niemandem gehört.

«Ja, seit zwei Jahren wieder. Nach dem Essen sagte einer von uns: ‹Wollen wir so tun, als wäre mit dem heutigen Abend alles vorbei? Wir wissen, dass sich das All langsam ausdehnt, und auf einmal beschleunigt sich dieser Vorgang. Im All ist nicht viel davon zu merken, aber unser kleiner Planet merkt es schon und das nicht zu knapp. Der gerät dadurch in Bewegung und explodiert. Niemand merkt etwas davon. Das geht ganz schnell, mit einer nie dagewesenen Heftigkeit.› Er hat es uns alles ganz genau erklärt, um die Situation so realistisch wie möglich zu machen – viel besser und mitreißender als ich jetzt, wir hingen regelrecht an seinen Lippen. Er meinte, es könne auch anders laufen, sodass wir doch etwas von dieser Bewegung im Weltall mitbekommen – auch dass bald alles vorbei ist. Er hat uns aufgefordert, uns zu fragen, was der wichtigste Moment in unserem Leben war. Und den dann zu beschreiben – als eine Möglichkeit, unsere letzten Stunden zu verbringen. Hast du schon mal so etwas gemacht?»

«Nicht auf diese Art. Aber natürlich ist das Thema manchmal aufgekommen – der wichtigste Moment im Leben. Oder der wichtigste Mensch.»

«Konntest du die Frage danach beantworten?»

«Ja.»

«Und hast du sie beantwortet?»

«Nein.»

«Warum nicht?»

«Weil ich es doch nicht konnte.»

«Warum nicht? Nichts ist unmöglich, warum sollte das nicht möglich sein? Sag lieber, ‹weil ich mich nicht traue›. Und warum traust du dich nicht? Bei mir war es genauso. Wir kannten uns nicht mal besonders gut, waren keine engen Freunde oder so: ein paar Leute von der Arbeit, mein Nachbar von oben und sein Bekannter, eine recht willkürliche Runde, würde ich sagen. Dann stellte sich natürlich die Frage, wer anfängt. Ich war die Gastgeberin, also habe ich angefangen.»

«Und was hast du gesagt?»

«Dass es gar nichts Spektakuläres sein muss. Dass auch Kleinigkeiten wichtig sein können.»

«Genau so, verhält es sich auch mit dem Glück. Aber was hast du gesagt?»

«Dass der wichtigste Moment nicht unbedingt auch der glücklichste sein muss.»

MOUNT EVEREST

Es ist das erste Jahr des neuen Jahrhunderts. Sie hat anderthalb Monate in Tibet verbracht, von denen sie einige Wochen in einem Kloster unweit von Lhasa meditiert beziehungsweise es wenigstens versucht hat: Sie sollte sich zunächst von der inneren Fülle befreien, und das war das Schwierigste. Ein dauerlächelnder Mönch war ihr Mentor, der Bruder eines Tibeters, den sie in New York kennengelernt hatte, Lehrer eines buddhistischen Zentrums. Sie verstand kaum, wovon er sprach, nämlich dass sie sich auf Leere konzentrieren solle und zwar so, dass sie sich darin verliere – nein, dass sie eine Kraft in sich finde, die diese Leere dazu bringe, sie zu verschlucken, und dass sie dafür sozusagen nichts tun müsse («Nichts tun! Nichts tun!), sodass dieses kurze Retreat nicht von Erfolg gekrönt war. Dieser Misserfolg lehrte sie etwas, nämlich dass sie ihr Leben ändern muss. Warum sonst ist ihr Kopf so voll? Weil sie sich kaum Zeit nimmt, bei dem innezuhalten, was sie erlebt und was mit ihr geschieht. Sie speichert es zwar irgendwo ab, hat aber keinen Zugang dazu oder kann ihn nicht finden.

Sie ist nach Lhasa gefahren und hat von dort aus Wanderungen in den Himalaya unternommen. In der letzten Woche ist sie mit einem Jeep in die Nähe der nepalesischen Grenze gefahren – unter Aufsicht eines

Führers, denn das ist von den chinesischen Behörden so vorgeschrieben. Zum Glück hat sie einen Führer, der nicht pro China ist, sonst hätte man ihr in dieser Woche hauptsächlich Lügen aufgetischt. Sie besichtigt ein paar Städte und bemerkt immer häufiger, dass die Meditationsversuche doch etwas gebracht haben, denn sie beschließt, ihr Leben zu ändern. Sie weiß zwar noch nicht wie, aber solche Veränderungen beginnen mit einem Entschluss, mit wenigen Worten, dem kurzen Satz: Es muss sich etwas ändern.

An ihrem letzten Vormittag in Tibet queren sie ein Hochplateau, machen an seinem höchsten Punkt halt und steigen aus. Der Führer versenkt sich in ein kurzes Gebet. Es ist fast zwölf, in der Ferne ist der Mount Everest zu sehen, klar, mächtig, erhaben. Die Sonne steht hoch am Himmel, alles ist hoch oben im Himmel, der Führer, sie – ganz so, als betrachte sie ihr Leben aus der Ferne, als gewänne sie langsam einen Überblick. Sie sieht Orte, Gesichter, Bewegungsabläufe, die wichtig und vielsagend sind. Sie sieht das Kind, das sie einmal war, hinter der Frau herlaufen, zu der sie wenige Sekunden später geworden ist. Sie sieht, wie ihre Eltern lachend in einem glücklichen Moment in dem Haus auf einem Schweizer Berg verschwinden, in dem sie oft Ferien gemacht haben und in denen sie sich oft gelangweilt hat. Sie sieht die Männer, die sie geliebt hat, nur für Sekundenbruchteile, Gärten, in denen sie zur Ruhe gekommen ist, und die paar Tiere in ihrem Leben: kräftige rote Kater mit sanftem Blick. Und währenddessen denkt sie, nicht fieberhaft, sondern ganz ruhig: Gleich fliegt alles auseinander, aber etwas muss doch von Dauer sein. Ohne es zu merken, hat sie die Arme ausgebreitet, was sie jetzt erst wahrnimmt. Der Führer lacht, und sie lacht auch, und auf einmal ist der Moment gekommen, nach dem sie sich gesehnt hat: Sie steht mit ausgebreiteten Armen hoch oben im Himalaya, schaut nach oben und muss die Augen schließen, weil die Sonne so grell ist. So sieht sie sich selbst dastehen und begreift, dass sie noch nie gedacht oder gesagt hat: So sieht sie sich selbst dastehen.

«Nur darum geht es», sagt sie. Und wiederholt die Worte auf Englisch, denn das spricht der Führer ansatzweise, und sie muss es irgendjemandem sagen, muss die Stimme hören, die diese Worte ausspricht.

«Findest du das alles sehr übertrieben?»

«Bisher nicht, aber wir wollten uns doch nicht rechtfertigen? Gleich fällt ein Meteorit auf diesen Teil der Stadt, oder aber die Erde beginnt im Norden so stark zu beben, dass das ganze Land mitbebt. So hat es endlich etwas mit dem Norden zu tun, und am Ende versinkt alles in der Erde, die nicht mehr bebt, sondern sich alttestamentarisch geöffnet hat. Wer sagt denn, dass unsere Sauerstoffvorräte für immer reichen – wahrscheinlich nicht, sonst würde das All ganz anders aussehen. In Kürze werden diese Sauerstoffvorräte vollkommen verbraucht sein. Gott existiert und hält das bestimmt für einen guten Moment, um seine Schöpfung zu korrigieren. Das geht am besten, indem er sie vernichtet. Es ist inzwischen völlig egal, wo wir sind und warum wir dort sind. Unsere Herzen können aufhören zu schlagen, alle gleichzeitig – ein Riesenzufall, ja, aber warum auch nicht, man hört öfter von absurden Vorfällen. Das ist doch auch so ein absurder Vorfall – ich und du, hier. Also bitte keine Rechtfertigungen. Ich höre dir zu. Und das siehst du auch. Du siehst, wie ich zuhöre.»

Sie schaut mich an, als stünde sie nach wie vor im Licht des tibetischen Hochlands. Ihre Arme sind nicht ausgebreitet, aber irgendwie doch.

Auf einmal begreife ich, was ich während ihrer Schilderungen kein bisschen begriffen habe: Ich habe genau das Gleiche erlebt. Nicht bei einem Klosteraufenthalt, aber auch ich war in Tibet, im ersten Jahr des neuen Jahrhunderts. Auch ich stand da, auf dieser Hochebene. Es war überwältigend. Aber davon darf ich jetzt nicht anfangen – jetzt wo sie aussieht, als stünde sie nach wie vor im Licht des tibetischen Hochlands. Das ist ihre Geschichte. Es geschieht viel zu oft, dass man jemandem eine Geschichte wegnimmt und anfängt wie folgt: «Das kenne ich. Etwas ganz Ähnliches habe ich auch schon erlebt.»

Ich denke an die Frau zurück, die zu Beginn des neuen Jahrhunderts bei mir vor der Tür stand, eine noch unbekannte Lyrikerin. Sie klingelte bei mir, weil ihr jemand geraten hatte, sie solle sich mal an mich wenden. Sie lebte in einer kleinen Welt, in der ihr ständig jemand sagte, was sie tun soll. Weshalb sie sich an mich wenden sollte? Das wusste sie auch nicht so genau. Ob ich ihr helfen könne? Sie sah extrem traurig und verloren aus, trotzdem ging ein Licht von ihr aus. Sie las ein paar Gedichte vor, die von einer geheimnisvollen Wehmut erfüllt waren. Ich sollte ihr aufrichtig sagen, was ich davon halte, und genau das tat ich auch.

«In jedem Gedicht steckt ein Gedicht, das funktioniert und das es so noch nie gegeben hat», sagte ich. «Du musst es da bloß rausholen, musst solange Worte loslassen, bis du auf diejenigen stößt, die du nicht loslassen kannst, weil sie eine Wahrheit erzählen, die noch nie erzählt worden ist. Darum geht es. Dafür lebst du. Deshalb erfindest du ein Leben – aber das weißt du, denn es geht nicht umsonst ein Licht von dir aus.» Das hörte ich mich sagen, sah jemanden, der das sagte – jemand, der sich im Licht der jungen Lyrikerin befand.

Dasselbe sagte ich ihr später noch einmal – da war alles mit ihr in bester Ordnung, und sie hatte zwei Bücher veröffentlicht – einen Roman über eine Frau, die ihre Träume mit ihrem tatsächlichen Leben verwechselt, sowie eine Lyrikanthologie, die großes Aufsehen erregte:

Von dir ist ein Licht ausgegangen. Das war an einem Nachmittag im Januar, der Himmel war grau und es wehte heftig aus einer bedrohlichen Richtung: «Von dir ist ein Licht ausgegangen.» Es ist wunderbar, das jemandem sagen zu können.

«Du erzählst von Tibet und bist jetzt in Tibet», sage ich. «Du erzählst davon, und es wird Wirklichkeit. Du stehst dort in der Sonne, und die Sonne hat Einzug in dich gehalten. Deshalb breitest du die Arme aus, um Folgendes zu sagen: Schau nur, schau nur!»

SO FÄNGT DEIN LEBEN AN

Auch von Lin ging ein Licht aus. Später fand ich sie in den Frauen wieder, mit denen ich eine Beziehung einging. Die war allerdings meist nicht von Dauer. Ich suchte Lin in ihnen. Natürlich! Ich fragte mich, warum. Was wusste ich schon von ihr? Nichts, nur was sie in mir auslöste. Und das war? Klarheit, tief empfundene Freude.

Vielleicht ist es ja so, dass man sich zu demjenigen, mit dem man zusammen ist, noch jemanden hinzudenkt, ja, ganz bestimmt sogar: Jeder, dessen Weg man kreuzt, muss etwas von diesem Jemand haben, egal was, sonst geht es nicht, sonst kann man nicht mit ihm zusammen sein. Dieser Jemand ist, wie man selbst und gleichzeitig auch wieder nicht, dafür so wie man sein sollte – ein Korrektiv im Leben. Ganz bestimmt sogar. Das erklärt die Anziehungskraft, die manche Menschen auf einen ausüben. Dieser Jemand sorgt für die entsprechende Anziehungskraft. Für mich ist Lin dieser Jemand.

Erst später habe ich verstanden: So fängt dein Leben an, so bekommt es eine Richtung, einen Sinn. Dieser Jemand ist die Bewegung, nach der man sucht, eine Bewegung, bei der Sehnsucht alles ist. Sehnsucht ist alles. Als ich zu dieser Erkenntnis gelangte, verstand ich, in was ich da in Anbetracht der Ewigkeit hineingeraten war.

Die junge Lyrikerin, die klingelte und von der Licht ausging, blieb ein paar Tage und verschwand. Sie kam zurück, als sie ihr Leben wieder in Ordnung gebracht hatte und ein Kind erwartete, sagte, es sei so wichtig gewesen, dass wir uns kurz berührt hatten.

Und jetzt denke ich an sie – jetzt wo ich sehe, dass mich die Frau, die mir gegenübersteht, ansieht, wo ich auch sehe, wie sie die Arme ausbreitet und streckt, um dem Himmel und der Sonne an diesem Himmel möglichst nahe zu sein. Gleichzeitig drängt sich mir der Gedanke auf, dass wir unter unguten Umständen hier sind. Doch dann denke ich: Auch sie hat mich berührt. Das ist passiert, bevor das passiert ist. Darum ist auch meine Wut verraucht.

Ein Moment mit Becky kommt mir in den Sinn. Ich darf ihm nur wenige Sekunden Raum geben: Morgens nach dem Frühstück fragt sie, ob meine Erinnerung noch ansatzweise an meinen allerersten schönen Moment heranreicht. Genau so drückt sie sich aus: ansatzweise heranreicht. «Denk gut darüber nach!»

Ich bin um die acht Jahre alt, weiß inzwischen mehr oder weniger wie das geht, gut über etwas nachdenken. Das klappt auf keinen Fall, wenn ich gleichzeitig noch etwas anderes tue. Nein, ich muss auf dem Stuhl in meinem Zimmer Platz nehmen, an dem kleinen Schreibtisch, darf diesen Schreibtisch nicht ansehen, rein gar nichts ansehen und muss sämtliche Geräusche ausblenden. Das funktioniert nur, wenn ich mich konzentriere und mir vorstelle, ganz allein an einem Ort zu sein, an dem ich mich wohl, ja zu Hause fühle, ohne verstehen zu müssen, warum. Am Fluss, der durch unsere Stadt fließt, irgendwo im Wald im Osten der Stadt, auf einer Lichtung in besagtem Wald, die sich anfühlt, als würde dort nie jemand hinkommen – schon das Licht, das zwischen den Zweigen und Blättern hindurchfällt, legt das nahe: Hierher kommt niemand, das Licht steht nur dem zur Verfügung, was in diesen Wald gehört, es ist das Licht, das fest zur Abwesenheit von Ereignissen und Bewegungen gehört, die ihrerseits Ereignisse auslösen.

Es gelingt mir, gründlich nachzudenken, und ich bin wieder im zweiten Sommer meines Lebens. Alles, was ich sehe, ist ganz weit weg, weiter geht kaum: meine Mutter, ich im Kinderwagen, der kleine Stadtpark, ein Zaun, dahinter Hirsche. Die Sonne lacht, alles erzittert in diesem Sonnenlicht, alles ist unglaublich in Bewegung. Meine Mutter singt, aber ich höre sie nicht, ihre Stimme verschwindet in dem flirrenden Licht wie auch die großen Augen der Hirsche.

Das muss ich unbedingt Becky erzählen. Sie wird vermutlich sagen, dass das gar nicht sein kann, dass es unmöglich ist, sich an so etwas zu erinnern; ich habe schon mal gehört, dass das nicht sein kann, von einem Freund meiner Eltern, einem Professor für Zahnmedizin, der zehn Sprachen fließend spricht. Ich werde sie anflehen, mir zu glauben, ich denke mir das schließlich nicht einfach aus, bloß um irgendwas zu sagen, das ist doch keine Lüge: Eine Lüge denkt man sich aus, aber das hier habe ich mir nicht ausgedacht, ich war dort, ich habe es gesehen. Zwar von ganz weit weg aber trotzdem, ich habe es gesehen, konnte es sehen.

Ich klopfe an ihre Zimmertür und will sie sofort aufmachen, doch sie ist abgeschlossen. Das habe ich noch nie erlebt.

Becky fragt, ob ich es bin. Sie klingt verschlafen, fast genauso weit weg wie die Erinnerung, von der ich ihr erzählen will. Sie fragt, ob ich in einer Viertelstunde wiederkommen kann.

Ich muss mich anstrengen, die Erinnerung nicht aus dem Kopf zu verlieren, weil sie so empfindlich ist.

Als die Viertelstunde um ist, schleiche ich zu ihrem Zimmer, die Tür steht einen Spalt offen.

Becky sieht mich so verträumt an, als wäre sie gerade irgendwo, wo sie mich lieber nicht dabei hätte. Sie nickt mir zu, zum Zeichen, dass ich ihr sagen soll, warum ich hier bin, aber zum ersten Mal fühle ich mich nicht wohl in ihrer Gesellschaft, zum ersten Mal spüre ich, dass wir für einander unerreichbar sind. Gleichzeitig weiß ich, dass ich mich daran gewöhnen muss, dass es nun mal so ist im Leben, und das finde ich dermaßen schlimm, dass mir die Worte, für das,

was ich ihr erzählen will, entfallen, so als würden sie
mir aus dem Kopf geweht.

«Ich hab's vergessen», sage ich.

Becky zuckt lächelnd mit den Schultern.

«Das fällt dir schon wieder ein.»

Ich versuche ihr zu glauben.

SO WAS KOMMT VOR

Da ist Becky und da ist Lin. Ich stelle sie Laura vor. Da ist etwas, das unsere Leben miteinander verbindet, was unsere Leben ausmacht, unsere Lebensgeschichte. Und wie das Leben uns erfindet.

Vielleicht sollte ich letzteres erklären, aber als ich gerade fragen will, ob das sein muss, die Frage noch nicht mal gestellt habe, sagt Laura, das sei nicht nötig.

«Die Geschichte von Becky ist so kurz. Ich hätte sie damals anschauen, etwas sagen müssen. Ich hatte ja keine Ahnung, was Abschied bedeutet. Vielleicht dachte ich: Wenn ich nichts sage und mir dafür ganz fest wünsche, dass sie nicht fortgeht, geht sie vielleicht auch nicht fort, und ich kann ihr in eine Zukunft folgen.

Ich erzähle von Lin. Vom Sommerlager, vom letzten Tag des Sommerlagers. Ich merke, dass das, was ich erzähle, kaum etwas mit dem zu tun hat, was wirklich passiert ist, dass Worte das eher verallgemeinern («Ja, so etwas kommt vor»), fast beiläufig werden lassen – und es ist auch beiläufig gewesen. Aber auch beiläufig kann was passieren!

Wenn man etwas erzählt, bleibt oft viel zu wenig von dem übrig, was man eigentlich erzählen will – und das nicht nur, weil es sich nicht erzählen lässt. Da ist auch etwas, das man nicht weiß. Man weiß nicht, was es ist, es ist passiert, und man hat es erlebt, aber man kann es nicht in Worte fassen, obwohl es einem nachhaltig im Gedächtnis geblieben ist, so vieles in Bewegung setzt.

Ich erzähle von Lins Kind, das nach mir benannt wurde.

SCHÖNE WORTE

«Ihre Mutter hat angefangen zu schreien, und als ich raufgehen wollte, ist sie wieder auf dem Treppenabsatz gestanden. Alles an ihr war grau. Ihr Kopf sah angeschwollen aus, als könnte er jeden Moment platzen. Sie hat auf mich gezeigt, konnte die Hand aber nicht stillhalten. Sie hat auf mich gezeigt und gesagt ... So als hätte sie keine Stimme mehr, die war nur noch ein heiseres Knurren. Sie hat geknurrt, dass ich verschwinden soll, dass ich niemals hier gewesen bin. Ich wollte fragen, was passiert ist, ob ich ihr helfen kann, doch sie hat wieder geknurrt, dass ich verschwinden soll, dass ich niemals hier gewesen bin. Glaub mir, das war beängstigend!»

War es so? Es war beängstigend, erschütternd, doch etwas war passiert, das uns durchdrehen ließ. So hat es sich zumindest angefühlt. Als ich die Treppe wieder hinunter und aus dem Haus ging, wusste ich nicht, wo ich war, was ich hier verloren hatte.

«Am Abend hat die Mutter angerufen und gesagt, dass der Arzt da war. Dass er nicht glaubt, dass es schlimm ist, nur dass Lin ihm das nicht abnimmt, sich sicher ist, dass es sehr wohl schlimm ist: ‹Eine Mutter spürt so etwas.› Auch dass sie nicht erzählt hat, dass ich da gewesen bin. ‹Warum nicht?›, wollte ich fragen, habe es aber bleiben lassen – keine Ahnung, warum.

Sie hat noch mehr gesagt, was ich aber schon im selben Moment wieder vergessen habe. Plötzlich hat sie aufgelegt, mitten im Satz.

Drei Tage später habe ich die Todesanzeige in der Zeitung entdeckt. Es war seltsam, meinen Namen und dann ihren darunter zu sehen. Und den ihres Mannes natürlich. Als ich damals die Geburtsanzeige bekam, habe ich mich riesig über unsere miteinander verbundenen Namen gefreut. Doch in dem Moment hat es sich angefühlt, als würde uns eine Trauer verbinden, die uns für immer zeichnen wird.»

«Das ist natürlich auch so.»

«Natürlich. Ich hätte ihre Mutter nicht ... egal, ich werde das nicht noch einmal wiederholen: Je öfter man etwas ausspricht, desto wahrer wird es. Ich habe Lin einen Brief geschrieben, nur wenige Tage später. Einen kurzen Brief. Einen kurzen, feigen Brief. In schönen Worten, das schon. Die finde ich immer irgendwo. Ich habe eine eigene Schublade dafür. Am Ende habe ich geschrieben, dass sie mir sagen soll, wenn ich etwas für sie tun kann, obwohl ich nicht die geringste Ahnung hatte, was das sein könnte. Und dass ich es ihr überlasse, ob sie noch Kontakt zu mir will. Vielleicht war auch das feige, aber da bin ich mir ehrlich gesagt nicht so sicher. Hat ihre Mutter tatsächlich gesagt, dass ich niemals da gewesen bin? Lin hat nicht auf den Brief reagiert. Ich war noch ab und zu in Nijmegen, habe ihre Straße aber gemieden.

Und als ich sie Monate später doch entlanggelaufen bin, habe ich gesehen, dass in dem von ihr bewohnten Stockwerk inzwischen ein Büro war. Im Fenster stand der Name einer Firma – vermutlich ein Maklerbüro. Ich bin eine Weile davor stehen geblieben, habe gewartet, dass jemand aus dem Haus kommt. Und natürlich ist jemand aus dem Haus gekommen, ein Mann, der wie ein Makler aussah, ein junger Makler mit einer großen, glänzenden Glatze. Ich habe ihn gefragt, ob er etwas über die ehemaligen Bewohner weiß. Dazu konnte er mir nichts sagen, nur dass ab und zu Post für sie kommt. Er wisse nicht, was er damit anfangen solle, er habe keine Nachsendeadresse. Lin sei verschwunden, zusammen mit ihrem Mann. So habe ich das auch im Stillen genannt: Sie ist verschwunden.»

Erneut ging ich zur Tür.

Laura lachte.

«Warum sollte sie auf einmal offen sein? Und? Hast du Lin noch mal wiedergesehen?»

«Später, viel später.»

Sie war verschwunden, aber natürlich nicht aus meinen Gedanken, aus meinem Herzen. Sie tauchte in meinen Träumen auf, ich dachte täglich an sie – erst recht als ich in meiner zweiten Lebenshälfte angelangt war und mich fragte, was ich aus der ersten gemacht hatte. Beim Beantworten dieser Frage merkte ich, dass ich mit dieser Vergangenheit alles andere als zufrieden war. Ich war vor allem vor mir selbst geflohen – unter anderem indem ich extrem schuftete. Ich schrieb viel, Bücher und Theaterstücke, Artikel für Zeitungen und Zeitschriften, ich war nicht besonders nett zu meinen Freundinnen, hatte oberflächliche Freundschaften, um nur ja nicht über das reden zu müssen, auf das es wirklich ankommt.

Natürlich suchte ich Hilfe, ein Freund empfahl mir einen Therapeuten. Als der wissen wollte, was ich von ihm erwarte, wusste ich nicht, was ich darauf sagen sollte. Ich glaube, ich erzählte was von «mein Leben in den Griff kriegen», «lernen wie man mit Menschen umgeht».

Zu letzterem sagte er, dass ich das selbst bestimmen dürfe.

Ich erwiderte, dass ich das nicht könne.

Er erkannte ein Problem, aber nicht das, was ich versucht hatte, in Worte zu fassen. Er fragte mich nach einschneidenden Erlebnissen in meinem Leben.

Ich erwähnte meinen Krankenhausaufenthalt von damals, als ich noch sehr klein war, denn das schien mir ein einschneidendes Erlebnis mit Hand und Fuß zu sein – etwas, das klar umrissen und vor allem nicht tabu war.

Er meinte, er habe erst vor kurzem einen Vortrag darüber gehalten, auf einem Kongress: über traumatische Erlebnisse in früher Kindheit und darüber wie sich Erinnerungen auswirken können.

Das war Musik in meinen Ohren: traumatische Erlebnisse. Nachdem ich zwei Sitzungen lang darüber gesprochen hatte – über den Krankenhausaufenthalt und die Folgen, die ich als Hobbypsychologe darauf zurückführte – sagte er, ich habe Angst davor, berührt zu werden. «Und zwar im weitesten Sinne, auch bildlich gesprochen.»

Ich hatte ihm erzählt, dass nach meiner Erinnerung den ganzen Tag Leute mit Spritzen, Instrumenten und Waschlappen an mir herumgefummelt hatten, was natürlich notwendig war. Trotzdem fand ich es unerträglich, weil die einzigen Leute, von denen ich berührt werden wollte, nicht in meine Nähe durften.

Manchmal geriet ich dadurch in Panik – nicht durch die auf mich zukommende Spritze, sondern durch die Hand, die mich am Arm packte.

Meine Eltern durften mich nicht berühren, durften sich nicht um mich kümmern, und das war allein meine Schuld, weil ich todkrank geworden war und sie außen vor gelassen hatte.

Angst davor, berührt zu werden. Im weitesten Sinne. Auch bildlich gesprochen.

Mit dieser Schlussfolgerung konnte ich etwas anfangen. Endlich wusste ich etwas über mich: Ich war ein Mann, der Angst davor hatte, berührt zu werden. Ich war Mitte vierzig, und vielleicht ließ sich mein Leben so zusammenfassen. Seltsamerweise machte mir das kaum etwas aus, aber das war vermutlich typisch: Meine Angst, berührt zu werden, war natürlich auch eine Art Lebenshaltung. Große Gefühle blieben mir verwehrt – nicht zuletzt, weil ich es so eilig hatte, mein Leben möglichst erfüllt zu gestalten, damit ich mich selbst auch nicht zu berühren brauchte. Die Folgen der einschneidenden Erlebnisse in meinem Leben hob ich mir für später auf. Ab und zu kamen sie zur Sprache, wenn ich mit Bart in der Kneipe saß. Dann redeten wir über den Wintergarten unseres Lebens, den wir haben würden, wenn es endgültig später war. Dann würden wir endlich richtig über unser Leben reden, in eben diesem Wintergarten.

Gleich darauf unterhielten wir uns über die Geschichten, die wir uns ausdachten, denn das war unsere Wirklichkeit: die zweier junger Männer, die irgendwann in den Literaturbetrieb wollten, um dafür zu sorgen, dass das Leben lebenswert bleibt, und die jungenhaft geblieben waren und auch bleiben würden, bis sie in besagtem Wintergarten Platz nehmen sollten.

Während ich all das erzählte, hatte ich Laura keine Sekunde lang angeschaut. Das geschah erst jetzt.

«Das habe ich noch nie jemandem erzählt», sagte ich.

«Das merke ich.»

«Woran denn?»

«Ich merk es eben.»

«Interessiert es dich?»

«Warum sollte es mich nicht interessieren?»

«Vielleicht ist es unwichtig – im Hier und Jetzt.»

«Das ist die typische Bemerkung eines Menschen, der Angst davor hat, berührt zu werden.»

«Entschuldige.»

«Du musst dich nicht entschuldigen.»

«Das gehört auch zu dem Nicht-berührt-werden-wollen.»

«Sich zu entschuldigen?»

«Ja. Nicht für konkrete Dinge, sondern dafür, wie ich bin.»

«Erinnerst du dich noch an meine Frage? Hast du Lin noch mal wiedergesehen?»

Lauras Stimme dringt mir jetzt so tief in den Kopf, dass ich glaube, sie hinter den Augen zu spüren.

VERDOPPELT

Natürlich musste ich Lin wiedersehen.

Ich lief durch Nijmegen. Der Herbst hatte gerade erst begonnen. Die Welt stand Kopf, die Anschläge in New York markierten den Anfang eines neuen Krieges.

Ich wollte zu meinen Eltern, weil ich an ihre Sorgen von damals denken musste: Ihr Krieg war vorbei, die Wunde noch nicht verheilt, aber eine neue Zeit versprach auch eine andere Zeit zu werden: eine bessere, wohlhabendere, friedlichere. Sie glaubten an dieses Versprechen und verloren den Glauben daran, als Kennedy ermordet wurde. Erst damals, nicht vorher, obwohl auch da schon alles Mögliche geschehen war, und der Kalte Krieg immer weiter um sich griff. Kennedy war das Symbol für diese neue Zeit, für eine Generation, die anders mit der Welt umgehen würde. Er war mit seiner Vorzeigefamilie in den Zeitschriften abgebildet, die bei uns zu Hause rumlagen – und das so oft, dass er und seine Vorzeigefamilie fast so etwas wie ein fester Bestandteil unseres Zuhauses waren.

Ich kann mich noch gut an diesen Tag erinnern. Meine Eltern und ihre Freunde diskutierten über die Welt, die bestimmt bald erneut auseinanderbrechen und geteilt werden würde, es drohte ein neuer Krieg. Im Nachhinein verstand ich ihre Aufregung nicht so recht, aber damals hörte ich atemlos zu. Der Tisch war mit leeren Bierflaschen übersät.

Ich wollte meine Eltern besuchen, um mit ihnen über diese Zeit zu reden. Wie immer machte ich erst einen kurzen Spaziergang durch die Alte Unterstadt. Es war ein warmer Herbsttag, die Café-Terrassen waren nach wie vor gut besucht, und vor einer mit Blick auf die Waal spielte ein Straßenmusiker – einer, den ich kannte. Ich hatte ihn fast dreißig Jahre nicht gesehen, beim letzten Mal war er ungefähr dreizehn gewesen. Ich erkannte ihn am Feuermal in seinem Gesicht. Er war mit Lin befreundet gewesen und hieß Theo Dingeman.

Nachdem er sein Geld eingesammelt hatte, sprach ich ihn an. Er erkannte mich auch. Er war nur zum Spaß Straßenmusiker, «aus Abenteuerlust», «um unter Leute zu gehen» – ein beneidenswertes Bedürfnis. Er gab drei Tage die Woche Gitarrenunterricht am Konservatorium in Arnheim. Er ist immer in Nijmegen geblieben – genau wie Bart!, dachte ich sofort.

Ich schlug vor, etwas trinken zu gehen und erfuhr, dass Lin schon ewig in Amerika lebte – nach wie vor mit ihrem Mann, der kein Clown mehr war, sondern in Boston an der *School of Theatre* Bewegungsunterricht gab.

Und Lin?

«Sie malt. Sie haben ein Haus in Kennenbunkport. Im Herbst und im Frühling ist sie dort oft am Strand und malt. Sie hat mir ein paar Fotos geschickt, aber das ist auch schon wieder eine Ewigkeit her.»

«Ihr habt noch Kontakt?»

«Ganz selten. Ein Brief oder eine Karte zu Weihnachten. Aber sie ist … Du weißt, was damals passiert ist?»

«Ja.»

«Das hat sie verändert. Was natürlich nicht weiter verwunderlich ist.»

«Natürlich.»

«Ich habe sie danach noch einmal gesehen, rein zufällig. Sie war schon dabei, den Umzug zu organisieren. Das war übrigens genau hier, am Waalkai.»

Der Waalkai. Sofort muss ich an meinen Vater denken. *An deinem Gewissen kannst du arbeiten, aber es arbeitet auch an dir* – Worte, die zu diesem Fluss gehören, vor allem wenn die Sonne darauf scheint und das Firmament so katholisch-himmelblau ist.

«Sie hat nicht viel erzählt», sagt Theo. «Sie hat sogar eher verlegen gewirkt. Keine Ahnung, worüber wir geredet haben. Ich war ziemlich erschüttert von ihr, denn es war, als hätte sie sich für immer in sich zurückgezogen. Nicht auf eine egozentrische Art oder so – nein, das war einfach die Richtung, die ihr Leben genommen hatte. Sie hat mehrmals gesagt: ‹Ich geh fort, ich geh für immer fort.› Und ich wusste nicht, was ich darauf erwidern soll. Ach ja und dann hat sie noch gesagt: ‹Ich habe geglaubt, mein Leben durch meinen Sohn verdoppelt zu haben.› Genau dieses Wort hat sie benutzt: verdoppelt. ‹Aber dann ist er gestorben.› Das hat sie auch gesagt. Die Verdoppelung ist also weggefallen, danach ist nicht mehr viel übrig geblieben.»

Das stimmt, denn was verdoppelt ist, ist natürlich untrennbar miteinander verbunden. Das gilt auch für die Menschen, die in ihrer Beziehung regelrecht miteinander verwachsen sind. Bis es auf einmal vorbei ist, und einer trotz dieser Verwachsung jemand anders sieht und geht. Derjenige, der zurückbleibt, kann sich wie ausgelöscht fühlen, und manchmal ist das durchaus so. Auch Lin wird sich gefragt haben: Was jetzt? Keine ganz unwichtige Frage. Eine Frage, die so wichtig sein kann, dass man sie mehrmals stellen muss, wieder und wieder, bis sie das eigene Leben vollkommen beherrscht: Was jetzt? Wenn diese Frage das eigene Leben dann vollkommen beherrscht, kommt man gar nicht mehr zum Leben.

Theo Dingeman schaut aufs Wasser. Seine Finger fahren nervös über den Gitarrenhals, als suchten sie nach einer Melodie, die zu dem Abschied passt, den wir alle von Lin nehmen mussten – ein fast tonloses Lied, das langsam verstummt.

Mir ist auch klar, dass ich nicht zu lang über sie reden darf. Um wen geht es überhaupt? Inwiefern kennen wir sie? Was wissen wir noch von ihr?

«Hast du ihre Adresse?»

«Ja, natürlich, aber ich habe sie nicht dabei. Ich schicke sie dir.»

Das tat er auch, zusammen mit einem kurzen Brief, in dem er schrieb, ihm sei wieder eingefallen, dass Lin über mich gesprochen hat. Wenige Tage nach dem Sommerlager hatten sie sich nämlich getroffen, Theo und Lin, und da hatte sie ihm gesagt, dass ich zu ihrem Leben gehöre, dass sie sich da ganz sicher ist, selbst wenn sie mich nie mehr sehen wird. «Genau das waren ihre Worte, das weiß ich noch genau.»

Natürlich hat auch sie versucht in Worte zu fassen, was sich nicht in Worte fassen ließ.

Ich habe sie nie mehr wiedergesehen, und jetzt sind dreißig Jahre vergangen. Man streckt die Hand aus, schließt sie, als wollte man etwas festhalten und streckt sie anschließend wieder aus, um zu zeigen, dass es einem nicht geglückt ist: dreißig Jahre – unter Umständen fast ein ganzes Leben!

Dass ich nach Kennebunkport komme, habe ich nicht angekündigt – aus Angst sie könnte sagen, das müsse doch nicht sein oder schlimmer noch, sie wolle mich auf keinen Fall sehen. Genau das werde ich ihr auch sagen, wenn sie mich danach fragen sollte.

Sie sei oft am Strand, hat Theo Dingeman gemeint. Oder in dessen Nähe. Es ist keine große Stadt, höchstens viertausend Einwohner, so die junge Frau an der Rezeption des Captain Jefferds Inn, wo ich mich eingemietet habe.

«Wie lange bleiben Sie?»

«Das weiß ich noch nicht. Vielleicht reise ich schon morgen wieder ab.»

Die junge Frau nickte verlegen, vielleicht auch meinetwegen.

Ich will ihr am Strand begegnen, ich suche sie nicht zu Hause auf, denn dann bin ich ihr sofort ganz nah.

Der Herbst in Neuengland hat eine rotgoldene Farbe, und wenn es nicht bewölkt ist, bringt sie den Himmel sanft zum Leuchten. Unter so einem Himmel sehe ich sie laufen, an meinem zweiten Tag in Kennebunkport. Sie ist weiß gekleidet und trägt eine weiße Baseballkappe – ganz so, als würde ein Licht von ihr ausgehen. In ihrer Rechten hat sie einen flachen kleinen Koffer, der ebenfalls weiß ist. Ich gehe nicht zu ihr, sondern setze mich auf eine niedrige Mauer. Als sie näherkommt, sehe ich, dass sie vor sich hin starrt, und als sie schließlich an mir vorbeigeht, bemerkt sie mich nicht.

Da sage ich ihren Namen.

Sie hält inne, bleibt regungslos stehen. Und als sie sich umdreht, ist die Bewegung so übertrieben wie auf einer Bühne. Sie dreht sich erst Richtung Meer, zögert, und dann zu mir. So bewegt sich Zeit, so kann sich Zeit bewegen. Sie stellt den Koffer ab.

Sagt meinen Namen.

Ich gehe auf sie zu, wir umarmen uns vorsichtig und bleiben kurz in dieser Umarmung. Ein paar Sekunden lang sind wir der Mittelpunkt der Welt, wie wir sie kennen, unserer Welt, die es nicht gäbe, wenn wir sie nicht zusammenhielten. Genau so fühlt sich das an – auch wie ein Schlusspunkt, so wie wir da stehen und uns zum zweiten Mal in unserem Leben berühren.

Sie sagt: «Früher habe ich gedacht, wenn ich dich besuche, wird sich das anfühlen, als wäre ich wieder im Sommerlager.»

Eins habe ich immer gewusst: Dass wir genau auf unsere Worte achten müssen, sollte es je zu einem Gespräch kommen. Nicht aus Angst, etwas Falsches zu sagen – ganz im Gegenteil: Sondern weil es so gesagt werden muss, wie es nur gesagt werden kann.

«Mit demselben Gefühl bin ich damals nach Nijmegen gekommen, um dich zu besuchen», sage ich.

Sie sieht mich forschend an. Ich muss eine Entscheidung treffen, wir haben ein Recht darauf: die Entscheidung, die Wahrheit zu sagen.

«Ich habe deinen Sohn nie zu Gesicht bekommen. Ich hatte einen Eisbären für ihn dabei, einen kleinen Eisbären. Deine Mutter ist nach oben gegangen, um ihn zu holen. Ich habe etwas gesagt, sie was zu einem Foto gefragt.»

«Zu welchem Foto?»

«Du stehst vor dieser Buchhandlung. In Paris.»

«Ach das.»

«Und deine Mutter schaut nach, was ich meine. In dem Moment muss es passiert sein: ein Moment der Unachtsamkeit.»

Vermutlich habe ich die letzten Worte deshalb so feierlich formuliert, damit ich sie weit von mir, von dem, was ich damals angerichtet habe, schieben kann.

«Alle wichtigen Veränderungen, alle wichtigen Veränderungen, die wichtige Ereignisse auslösen, erst recht erschütternde Ereignisse, beginnen mit einem winzigen Moment, der vielleicht nur wenige Sekunden dauert.»

«Deine Mutter, sie – von wo ist sie gekommen?»

«Von der Kommode: von einer weißen Wickelkommode, auf der sie früher selbst gelegen hat.»

«Von dieser Kommode ist sie bis zur Treppe gegangen.»

«Sie musste an einen Tänzer denken. Das hat sie

mir später erzählt. Sie konnte kaum noch über etwas anderes reden.»

«An einen Tänzer?»

«So wie er da lag, mit überstrecktem Kopf.»

«Hätte ich dieses Foto nicht angesprochen ...»

«So was darf man nie sagen: Dass etwas nicht passiert wäre, wenn man nur ... Das hilft auch niemandem weiter. Es ist nun mal passiert.»

Ich weiß jetzt gar nicht, wie ich damit anfangen soll, über diese Worte nachzudenken. Manchmal ist das so. Dann höre ich etwas und will unbedingt, dass mir ein Gedanke dazu kommt, mehrere Gedanken, weiß aber nicht, wie ich damit anfangen soll. Vielleicht ist der Wunsch nach diesem Denken das Denken, das Camus meinte, als er schrieb: Wenn man zu denken anfängt, beginnt man untergraben zu werden.

Natürlich verstehe ich, was sie mit ‹Das hilft auch niemandem weiter› meint. Aber wir neigen nun mal dazu, nach Erklärungen zu suchen, um unser Leben zu verstehen. Oder helfen uns die auch nicht weiter? Können wir das gar nicht, unser Leben verstehen? Verstehe ich, warum mich Schuldgefühle zu einem Mann gemacht haben, der nicht berührt werden will, verstehe ich das?

«Deine Mutter hat gebrüllt, dass ich verschwinden soll.»

«Du weißt vermutlich nicht, dass meine Mutter bald

danach, im darauf folgenden Frühling gestorben ist. Sie hat schon lange an Kopfschmerzen gelitten, ist aber nie zum Arzt gegangen. In dem Jahr schon, zum ersten Mal. Da war etwas, in ihrem Kopf. Es war inoperabel. Manchmal hat sie das Gefühl gehabt, sie ... sie wäre wie gelähmt. Das hat nie lange gedauert. Damals war es auch so. Sie konnte ihn nicht festhalten.»

«Aber sie ist auf die Treppe hinausgekommen ...»

«Damals war es auch so. Sie hat gesagt, dass sie ihn nicht festhalten konnte. Es wurde immer schlimmer, und nach dem Winter ist sie gestorben, nachdem sie bereits mehrere Wochen nicht mehr bei Bewusstsein war.»

«Als du an diesem Tag nach Hause gekommen bist ... Du warst in Spanien.»

«Ich weiß es nicht, ich weiß es wirklich nicht mehr. Fast alles, was damals passiert ist, habe ich vergessen. Es sind Bilder, die ich nur mühsam heraufbeschwören kann. Später habe ich mich gefragt, was ich darüber wissen will. Und was mir das bringt. Ich weiß noch, wann ich mich das gefragt habe. Meine Mutter war bereits bettlägerig und konnte nicht mehr gehen, hat meist wirres Zeug geredet. Und ich bin an ihrem Bett gesessen.»

«Dann weißt du also auch nicht mehr, was deine Mutter gesagt hat.»

«Wann?»

174

«An dem besagten Tag.»

«‹An dem besagten Tag› – davon gibt es nur wenige. Nein, ich weiß es nicht mehr. An dem besagten Tag sind mehrere Leute da gewesen. Der Hausarzt, seine Frau, wenn ich mich nicht täusche. Natürlich hat mir jemand erzählt, was passiert ist, das kann gar nicht anders sein. Aber ich weiß es nicht mehr. Und als ich am Bett meiner Mutter saß, dachte ich mir: Was bringt es zu wissen, wie es passiert ist, wenn das, was passiert ist, alles, aber auch wirklich alles, bedeutungslos macht?»

Sie nimmt meine Hand. Wir gehen zum Strand.

«Meine Mutter war die Einzige, die mir das sagen konnte, aber sie hat nicht mehr gewusst, woher sie die Worte nehmen soll. Da war nichts mehr, bloß wirres Gerede. Aber vielleicht ist diese Art des Sprechens absolut passend für ‹den bewussten Tag›. Von so einem Tag bleibt ohnehin nichts als wirres Gerede. Vielleicht kann man auch wirres Gerede irgendwann verstehen, aber dann darf man selbst nichts mehr sagen, muss sich in einer Stille verlieren, in der man nur noch Worte um sich versammelt, die eine Bedeutung für das haben, was letztlich aus dem eigenen Leben geworden ist. Ich spreche hier von mir selbst. Ich habe schon seit Ewigkeiten nicht mehr so viele zusammenhängende Sätze gesagt wie jetzt, wenn du verstehst, was ich meine. Ich bin mir sicher, du verstehst, was ich meine. Vielleicht werde ich von nun an kaum noch etwas sagen – Timo, mein Mann, ist das gewöhnt. Wir sind stille Menschen.»

Während wir am Strand spazieren gehen, fühlt es sich an, als verschwände ihre Hand, die meine hält: Es ist etwas anderes als Loslassen, es ist, als gehörte die Hand zu dem fast zärtlichen Herbstwind, der vom Strand zum Meer weht.

Sie ist jetzt dermaßen in Gedanken versunken, dass ich sie eigentlich nicht stören darf. Trotzdem sage ich: «Kann es sein, dass deine Mutter alle Schuld auf sich genommen hat, weil sie wusste, dass sie nicht mehr lange leben wird?»

Noch während ich das sage, finde ich diese Vermutung absurd. Das ändert doch nichts an meiner Schuld? Nur dass Lin nie gewusst hat, dass auch ich schuld bin. Aber jetzt weiß sie es. Weiß sie es jetzt? Darf ich sie das fragen?

«Da steht noch mein Koffer», sagt sie, dreht sich um und zeigt darauf. «Komm, wir gehen zurück.» Ihre Hand hält wieder die meine. «Wann fängt man wirklich an zu leben?»

«Ist diese Frage ernst gemeint?»

«Ich meine alles ernst, was ich sage.»

«Wenn man sich von seinen Erwartungen leiten lässt, würde ich sagen. Man ist natürlich viel mehr als nur das, aber sie geben dem Leben durchaus eine Richtung. Man spürt ihre Dynamik. Das kann so ein Anfang sein.

Oder aber jemand berührt einen und setzt dadurch jede Menge in Bewegung.»

«So etwas in der Art, ja.»

«Du hast in mir gesteckt. Und daraufhin habe ich erwartet, leicht und unbeschwert leben zu können.»

«Dann hast du aber spät angefangen zu leben.»

«Wieder zu leben. Davor habe ich natürlich auch schon Erwartungen gehabt. Aber die Erwartung, die du verkörpert hast, hat sie weit übertroffen.»

«Dann hast du aber früh angefangen wieder zu leben. Außerdem kanntest du mich gar nicht. Oder sage ich da etwas Falsches?»

«Wir haben uns durchaus gekannt.»

«Ja, wir haben uns durchaus gekannt.»

«Ja, Lin, wir haben uns gekannt.»

«Wir haben uns gekannt.»

Zum ersten Mal lacht sie und sagt: «Es war mir eine Ehre, dich gekannt zu haben.»

«Das hat mir noch nie jemand gesagt.»

«Ich habe es auch noch nie gesagt.»

«Obwohl ...»

«Kein wirres Gerede, bitte.»

Als wir ihren Koffer erreicht haben, umarmen wir uns. Wir wissen, dass es nicht anders geht, dass wir jetzt wirklich an einem Schlusspunkt angelangt sind. Ohne es zu sagen, wissen wir, dass es nichts mehr zu sagen gibt.

Sie lässt mich los. Sie dreht sich um.

Ich schaue ihr nach. Sie setzt sich in den Sand, öffnet ihren Koffer und holt Skizzenblock und Buntstifte heraus. Sie sieht sich nicht mehr um.

Ich gehe in mein Hotel, packe meine Sachen und fahre mit meinem Mietwagen noch ein paar Tage durch den Herbst Neuenglands. Einen schöneren Herbst werde ich nie mehr zu Gesicht bekommen, denn hierher werde ich nie mehr zurückkehren. Danach fahre ich zum Bostoner Flughafen.

Im Flugzeug fällt mir ein Moment aus den letzten Urlaubstagen ein: Ich war mit dem Auto rechts ran gefahren, auf einem kleinen Hügel. Ich schaute auf den Wald unter mir – ein Wald in unvorstellbaren Farben. Tränen brannten mir in den Augen, und auf einmal begriff ich, dass ich noch sehr wenig über mein Leben weiß – über das Leben, das ich geführt habe, die Menschen, die darin eine Rolle spielen. Bis auf wenige Ausnahmen ist alles so schnell passiert, dass kaum noch etwas übrig geblieben ist.

KEINERLEI KONTROLLE

Wie lässt sich das zusammenfassen? Über die Antwort auf diese Frage müssen wir manchmal nachdenken. Das kann erhellend, aber auch relativierend sein, und am Ende entlockt es uns vielleicht ein Lächeln.

Wir stellen uns eine Ansammlung von Passanten vor, von Leuten, die vorbeigehen. Wir stellen uns vor, dass wir nicht mehr sind als das.

Wir gehen durch Städte, Dörfer, Landschaften, Kulissen, die uns gefallen, neugierig machen, reizen, bezaubern, amüsieren, elektrisieren. Im Gehen speichern wir dann und wann Erinnerungen ab – das geschieht mehr oder weniger wie von selbst, auch darüber haben wir keinerlei Kontrolle.

Wir gehen weiter, sind Leute, die vorbeigehen wie jeder andere Passant auch. Manchmal fragt jemand nach dem Weg, denn es gibt solche, die den Weg wissen und solche, die keinerlei Vorstellung davon haben. Dann reden wir über den Weg, über die einzuschlagende Richtung. Wir gehen ihn ein Stück gemeinsam, weil wir in dieselbe Richtung müssen, vielleicht teilen wir dabei etwas – Empörung vielleicht oder Freude –, und es tut uns gut, uns darüber auszutauschen. Aber ehe wir uns versehen, ist es auch schon wieder vorbei, und unsere Wege trennen sich. Daran muss man sich erst einmal gewöhnen – manchmal klappt es, aber meist nicht. Passanten,

Leute, die vorbeigehen: Es kann passieren, dass man von einem Blick getroffen wird, dass einen jemand kurz berührt, beiläufig – scheinbar aus Versehen. Dass man ein Lächeln oder Zwinkern auffängt, es aber kaum bemerkt. Später schon: Man ist zu Hause und denkt an die letzten Stunden zurück, an den Weg, den man eingeschlagen hat, an den Lauf der Dinge, an dem man beteiligt war, und auf einmal schaut man nach draußen, sieht, dass es Abend wird, sieht die Sonne untergehen, riecht die Abendluft und alles, was vorbeigeht, und denkt auf einmal an ein Zwinkern, ein Lächeln oder an eine Berührung zurück – eine ganz beiläufige. Das sind die Momente, die einem im Gedächtnis bleiben. Und zu diesen Momenten gehören Menschen, die man vermutlich nie mehr wiedersehen wird, und wenn doch, kann man kein Wort über dieses Lächeln, dieses Zwinkern oder diese beiläufige Berührung verlieren, denn was gibt es darüber schon zu sagen?

Ist es nicht so?

Ist das nicht letztlich alles?

VERHALTENES LACHEN

«Und deine Frau? Siehst du Lin auch in ihr?»

«Nein. Doch, natürlich auch. Nach meinem Abschied von Lin wusste ich nicht, was ich machen soll, war in der zweiten Lebenshälfte und wusste es immer noch nicht. Ganz so, als wäre ich wieder in die Pubertät zurückkatapultiert worden, als könnte die Zeit nur so mit mir umgehen. Oder aber umgekehrt: Als könnte ich nur so mit der Zeit umgehen, sprich ein paar Schritte nach vorn machen und dann wieder umkehren. Dann bin ich wieder achtzehn und schaue, umgeben von Büchern und Musik, mit großen Augen in die Zukunft. Aber vielleicht geht das auch gar nicht anders: Wenn man wieder anfängt zu leben, ist man auch wieder in der Pubertät, weil man dieses neue Leben für sich erobern will, was allerdings nicht klappt, eben weil man nicht weiß, was man machen soll. Alte Wut kommt wieder hoch, aber man versucht sie zu unterdrücken, zu ignorieren. Das ist harte Arbeit, Arbeit, die einem so Einiges abverlangt, den Blick auf so gut wie alles verstellt.»

Was das wohl zu bedeuten hatte?

Als ich das erste Mal mit Aimee spreche, und zwar in einem Theaterfoyer, sagt sie nach ungefähr zehn Minuten: «Du willst unbedingt, dass die Leute dich nett finden, so viele wie möglich.»

Ich pflichte ihr bei, sage, dass man mich durchaus nett finden kann, dass es aber auch ein Schutzmechanismus ist, dieses ein bisschen auf Distanz gehen, dieses nicht berührt werden wollen, mit anderen Worten total kontaktgestört sein, was aber alles keine Rolle spielt, weil man ja so nett ist.

«Vielleicht solltest du einfach damit aufhören», schlägt sie vor.

Ich bin dabei, mich in sie zu verlieben.

Ich sage, dass ich von meinen Eltern so erzogen worden bin, dass sie fanden, ich solle mich bemühen, ein netter Mensch zu werden. Großherzig. Das fanden sie am wichtigsten: großherzig sein.

«Das ist etwas anderes», sagt Aimee. «Aber man braucht nicht nett gefunden zu werden. Damit solltest du aufhören.»

«Dann habe ich ein Problem», gestehe ich.

«Na und?»

«Dann muss ich schon wieder eine Lösung finden. Ich habe schon so oft Lösungen finden müssen, ohne zu wissen, wo ich die hernehmen soll.»

«Eine Lösung findet man nicht, die denkt man sich aus. Das kannst du doch? Aber oft ist es besser, ein Problem zu durchdringen und es zu begreifen, als sich eine Lösung dafür auszudenken.»

Ich habe mich in sie verliebt. Sie hat große Augen und ein verhaltenes Lachen. Ich bin zum x-ten Mal in der

Pubertät, sprich unterwegs zu einem Neuanfang, aber es ist genauso wie immer: Ich atme weiter, obwohl es mir den Atem verschlägt, ein silbriges Flackern erfüllt die Luft, alles um mich herum weicht zurück, und wenn ich mich bewege, kann alles vorbei sein, doch ich bewege mich, und nichts ist vorbei.

LEICHTE ZUGLUFT

Auf der Toilette betrachte ich das Plakat, die Augen von Kafka. Als Bart und ich in der ersten Hälfte der Achtzigerjahre durch Prag liefen, versuchten wir, die Stadt durch seine Augen zu sehen. Nein, das war kein Versuch, wir sahen sie durch seine Augen, so gut kannten wir sein Werk. Es war ein trüber Frühling und hörte einfach nicht auf zu nieseln, aber das machte uns nichts aus. Wir wohnten in einem großen zentral gelegenen Hotel, zu dem ein Café mit großen Pflanzen, viel Belle Époque und Musik aus dem Alten Europa gehörte. Das war noch vor der Samtenen Revolution, und Kafka war streng verboten, aber in diesem Café war nichts davon zu spüren.

Bart und ich wussten alles voneinander, ohne viel Worte darüber zu verlieren. Das war auch gar nicht nötig. Aber nachdem wir Kafka zitierend durch die Stadt spaziert waren – manchmal laut lachend – waren wir in diesem Café gesprächiger denn je. Ich erzählte ihm von Lin, von den mich quälenden Schuldgefühlen. Bart meinte, ihre Mutter könne mir doch auch von sich aus auf dieser Treppe etwas zugerufen haben – zum Beispiel, dass ich zum Kühlschrank gehen solle, falls ich noch ein Bier wolle. Ob ich mich dann auch schuldig gefühlt hätte, nur weil ich Bier trinke? Er meinte auch, dass Schuldgefühle nur dann einen Sinn hätten, wenn sich das, was sie bewirkt hätte, wieder rückgängig machen ließe.

REMEMBER AKFAK steht unter seinem Kopf. Punkig hat Laura das genannt. Vielleicht ist es der Name einer Band? Andererseits kenne ich mich mit so etwas ziemlich gut aus und habe noch nie davon gehört. Ein guter Name, eine gute Idee, dieser Dreh mit Kafka.

Wenn das hier vorbei ist – ich nenne es «das hier» – werde ich Kafkas Gesamtwerk noch mal lesen – nicht zuletzt in Gedenken an Bart. Ich glaube, das tun wir oft: Uns etwas vornehmen für eine Zeit, die gefälligst besser zu sein hat als die, in der wir gerade leben. Und dann natürlich auch die Frage beantworten, warum wir dieses Vorhaben nicht schon längst in die Tat umgesetzt haben, warum es jetzt auf einmal auftaucht.

Als ich durch den schmalen Flur ins Büro zurückkehre, nehme ich etwas wahr, das mich sofort elektrisiert: Ich spüre, wie leichte Zugluft über meine Rechte streicht, sie kommt aus der Wand. Ich gehe ein paar Schritte zurück und spüre sie erneut. Mit beiden Händen streiche ich über die Wand – von oben nach unten, von links nach rechts – und ertaste einen kleinen Unterschied zwischen zwei Oberflächen. Dort kommt die Zugluft her.

Ich rufe Laura und lasse sie meine Entdeckung spüren.

«Hast du ein Messer dabei?», frage ich. «Oder eine Schere?»

«Eine kleine Schere.»

«Das geht auch.»

Sie reicht mir eine Nagelschere.

«Kann man hier nicht etwas mehr Licht machen?» Ich schaue mich um.

Laura öffnet die Toilettentür und schaltet das Licht ein. Das hilft. Ich mache mich dort zu schaffen, wo ich den Unterschied zwischen den Oberflächen und die Zugluft wahrgenommen habe und kann die Schere jetzt irgendwo dahinterschieben, hinter eine dünne Platte – Triplex oder so. Die Scherenspitze bricht ab, aber mit dem verbliebenen Rest lässt sich auch etwas anfangen. Ich rüttle weiter daran herum und kann meinen Finger dahinterklemmen. Jetzt müsste es eigentlich ein Kinderspiel sein, und dem ist auch so!

«Wie dumm, dass wir das nicht früher gemerkt haben», sagt Laura, während ich heftig an der Platte zerre. Ich sehe, dass sie sich vor einem hohen Fenster befindet. Es dauert nicht lange, und das Ding ist ab.

Wir schauen uns triumphierend an.

Das Fenster lässt sich problemlos öffnen, man kann auch locker ins Freie klettern.

ES WAR ABER SO

Ein kleiner Innenhof mit Beeten. Solche «Hofjes» habe ich hier in Amsterdam schon oft gesehen, ein wunderbares, zartes von Häusern umringtes Geheimnis. Hier stehen sogar zwei Bänke. Eine Laterne spendet schwaches Licht. Nirgendwo sonst bin ich auf solche Orte gestoßen.

«Hier trennen sich also unsere Wege?» Lauras Stimme klingt nicht mehr so leise wie vorhin, sondern irgendwie sachlicher. Ich schaue auf die Uhr. Es ist kurz nach vier.

«Morgen fahr ich nach London. Von dort aus nach Nepal und dann weiter nach Tibet. Ich brauche diese Route nur laut aufzusagen und komme schon zur Ruhe.»

«Und wir belassen es dabei?», frage ich widerwillig.

«Heißt das, du willst die Angelegenheit weiterverfolgen? Wie sagt man noch gleich? Unrechtmäßige Freiheitsberaubung oder so? Wir werden uns doch nicht diese bescheuerte, aufgeblähte Sprache antun?»

«Unbedingt! Das kann doch nicht sein.»

«Warum? Es war aber so! Und was war daran eigentlich so schlimm? Gut, uns ist anfangs etwas zugestoßen, das wir so nicht wollten, aber dagegen hätten wir uns deutlich mehr wehren können. Haben wir aber nicht – vielleicht auch aus Angst, zumindest ganz kurz. Hast du danach noch Angst gehabt?»

«Nein.»

«Es war also nichts als Zeitverlust. Verlangst du etwa ...
wie heißt das noch gleich?»

«Genugtuung.» Es ist das erste Mal, dass ich dieses
Wort ausspreche.

«Genugtuung – ich bitte dich! Das ist etwas für Leute,
die sonst nichts zu tun haben. Allein die Zeit, die man
braucht, um all die Gespräche zu führen. Man verlangt
nur Genugtuung, wenn einem etwas fehlt. Was uns an-
getan wird, wird uns eher in unserer Einbildung ange-
tan, und das ist wieder etwas ganz anderes als das, was
tatsächlich geschieht.»

«Du hast recht.» Mir fällt auf, wie erschöpft ich diese Worte ausspreche. «Ich geh umgehend nach Hause,
Aimee wird schon schlafen. Ich werde mich neben ihr
ausstrecken. Morgen früh wird sie sagen, dass ich aber
spät nach Hause gekommen bin, und dann werde ich
ihr rechtgeben.»

«Aber nicht ohne zu sagen: ‹Dafür bin ich nach Hause gekommen.› Denn genau so ist es auch. Wir haben
schon so einiges mitgemacht, und das gehört alles mit
dazu.»

In einer der Wohnungen zum Innenhof brennt noch
Licht. Ich sehe einen Mann. Er ist mit Büchern beschäftigt. Jetzt dreht er sich zum Fenster. Vielleicht sieht er
uns. Ja, er geht zum Fenster und schiebt es hoch. Jetzt
höre ich, dass er Musik aufgelegt hat, das *Stabat Mater*
von Pergolesi.

Ich erzähle Laura, dass der Anfang bei der Beerdigung meines Vaters gespielt worden ist. Dass das die schönste Musik ist, die ich kenne – bestimmt genauso schön wie die Matthäus-Passion. Laura sagt, das liege an dem, was mir mein Vater bedeutet hat oder immer noch bedeutet. Und nicht nur an der Musik.

«Immer noch bedeutet! An dem, was mir mein Vater immer noch bedeutet.» Wenn ich über meinen Vater rede, geht es immer um die Spuren, die er bei mir hinterlassen hat. Er selbst hat das immer sein Vermächtnis genannt – das, was er bei anderen hinterlässt. Wenn er darüber sprach, bat er mich lachend, ihn nicht als Spinner abzutun ... «Aber genauso ist es doch: Niemand kann sich einbilden, von ganz allein zu dem geworden zu sein, der er heute ist. Wer das denkt, ist noch weit von dem entfernt, zu dem er zusehends werden muss.» Das habe ich damals sehr treffend gefunden: Zusehends werden müssen. Es ist eine Wortspielerei, aber manchmal kann eine Wortspielerei auch eine Gedankenspielerei sein. Zusehends werden müssen. Ich verbinde das mit etwas, das mir auch manchmal passiert: Nämlich, dass ich mich aus einer gewissen Entfernung betrachte. Das hilft einem, mit dem Leben umzugehen. Anfangs war es eher hinderlich – zum Beispiel, wenn ich auf einer Party getanzt habe – später dann vor allem erhellend: eben wegen dieser Entfernung.

Der Mann, aus dessen Zimmer das *Stabat Mater* gedrungen ist, hat das Fenster wieder geschlossen und löscht jetzt das Licht. Ich sehe, dass er erneut hinausschaut. Warte ich auf eine Geste, mit der er uns bedeutet, dass unsere Anwesenheit weder störend noch seltsam ist?

«Siehst du, das passiert dann doch noch am Ende dieser Nacht», sagt Laura. «Darf ich dich mal was fragen? Ich habe vorhin wissen wollen, ob du Angst hattest. Du hast ‹Nein, bloß ganz kurz› gesagt, genau wie ich, aber das zählt nicht wirklich. Gibt es etwas, wovor du Angst hast? Hast du eine Vorstellung von dem, was dir Angst macht?»

Ja, die habe ich. Meine Angst ist die, etwas versäumt zu haben bevor ich sterbe, aber das kann ich nicht sagen, weil ich nicht weiß, was dieses «was» ist oder sein könnte. Ich habe Angst, einen Fehler zu machen, wenn ich keine Zeit mehr darauf verwende, zu ändern, was ich an meinem Leben ändern will, sondern mich mit dem zufriedengebe, was ist. Aber wenn ich noch etwas ändern will, heißt das doch auch, dass dieser Wunsch besteht und sich nicht leugnen lässt?

«Nein», sage ich.

«Wir werden uns jetzt verabschieden. Im Frühling bin ich wieder da. Das denk ich zumindest, aber vielleicht ist das auch nur so ein Gedanke. Ja, genau, wenn ein Hauch von Frühling in der Luft liegt. Atmet man dann tief ein, kann man ihn regelrecht schmecken. Ich sehne mich immer nach diesem Moment. Hat man dann diesen Frühlingsgeschmack auf den Lippen, schlägt sich das auch in dem nieder, was man sagt und wie man es sagt. Man spricht dann im Ton einer neuen Zeit, und die meisten Worte nehmen eine andere Richtung, hin zum Licht.»

Das Licht, von dem man manchmal regelrecht erfüllt ist, denke ich sofort. Wieder sehe ich sie mit ausgebreiteten Armen auf dem Hochplateau in Tibet stehen, in der prallen Mittagssonne.

Sie schaut sich um und zeigt dann auf etwas. Ich verstehe sofort, was sie meint. Dort ist die Tür, durch die wir diesen Innenhof verlassen können, und dafür wird es jetzt langsam Zeit.

Vor dieser Tür umarmen wir uns. Ich will noch einmal sagen, dass wir uns wiedersehen werden, später irgendwann, in wieder einer anderen Zeit vielleicht, aber sie legt mir den Finger auf die Lippen und schüttelt langsam den Kopf.

Wir küssen uns.

Sie dreht sich um, öffnet die Tür und geht als Erste hinaus. Nachdem ich ihr gefolgt bin, sehe ich, dass sie es eilig hat. Ich möchte sie aufhalten, weiß aber nicht, was ich noch sagen soll. Doch: Dass es mir eine Ehre war. Sie entfernt sich von mir und winkt, ohne sich umzudrehen, winkt dann noch einmal.

«Ich habe von dir erzählt», sage ich, so leise ich kann.

Aimee schläft, ich habe mich neben ihr ausgestreckt, sie schläft mit dem Rücken zu mir, zusammengerollt, als wollte sie sich vor irgendwas verstecken, vielleicht vor meiner Abwesenheit. Ich hoffe es.

«Ich habe von dir erzählt», sage ich. «Jemandem, der dich nicht kennt, jemandem, der ganz plötzlich in mein Leben getreten ist – eine Passantin, so wie fast jeder, der vorbeigeht ein Passant ist. Ich habe erzählt, dass du mir deine Tür geöffnet hast, mir stets Zutritt gewährst, und dass wir uns nie mehr loslassen werden, so kompliziert wir auch sein mögen. Sind wir kompliziert? Ja, wir sind kompliziert, ohne erklären zu können inwiefern, aber das ist auch verdammt kompliziert. Wahrscheinlich sind wir kompliziert, weil wir wissen, dass wir nur Passanten sind, auch wenn wir uns nie mehr loslassen wollen. Wir lassen uns nicht los, weil wir langsam alt werden. Damit haben wir nie gerechnet, aber wir werden alt.

Ich habe von dir erzählt: Dass du mir beigebracht hast, dass ich meine Schattenseiten nicht verbergen muss, dass diese Schattenseiten vielleicht verblassen, wenn ich sie oft beleuchte. Dass es gut sein kann, dass ich niemals wissen werde, wie ich leben soll, wenn ich es bis heute noch nicht weiß. Dass ich aber deshalb noch lange nicht so tun muss als ob. Wir wissen nicht, wie wir genau ticken, wir sind Rätsel – keine Rätsel, die wir lösen könnten, sondern miteinander verbundene Rätsel, die aneinander festhalten. Nenn es Zärtlichkeit. Das habe ich heute Nacht gesagt: Dass ich es Zärtlichkeit nenne. So etwas sagen wir uns normal nie, aber heute Nacht habe ich es gesagt. Ohne Zärtlichkeit kein Zuhause, auch wenn wir nicht wissen, wie wir dieses Zuhause eingerichtet haben. Wir bemühen uns, verdammt! Wir bemühen uns sehr. Daran habe ich heute Nacht auch denken müssen. Ich habe die Fähre genommen, mich in den Norden der Stadt bringen lassen und bin dort spazieren gegangen, habe im Stillen an einer neuen Kurzgeschichte gearbeitet – über alles, was vorbeigeht, und alles, was einfach nicht vorbeigehen kann. Du weißt, dass ich immer schon geschrieben habe, um irgendwo hinzukommen und weniger, um etwas wiederzugeben. Ich bin wieder durch Geschichten geschlendert, du weißt, dass ich das nachts gern tue.»

Aimee hat sich im Schlaf umgedreht, ihre Hand sucht nach meiner Schulter.

Wind frischt auf, für Heute ist Sturm angesagt, ein ungestümer Herbstwind. Als ich noch klein war, war das für mich ein ganz bedrohliches Wort: Sturm. Meine Mutter hat immer gesagt, dass Herbststürme das Jahr auf den Winter vorbereiten. Dass sie alles, was noch von Frühling und Sommer übrig ist, fortwehen – alle

Wärme und alles Wohlbehagen, das uns die Wärme geschenkt hat. Dass das Jahresende leer und klar sein muss, weil es nur dann einen richtigen Winter mit klarem Winterlicht gibt – mit dem Licht, das uns damals alle ein wenig verstummen ließ.

Ich höre, wie der Wind heftiger wird, bedrohlicher. Bald wird er ungestüm sein – ein Wort, das einem ein Lächeln entlockt. Und dieses Lächeln wirkt beruhigend, sorgt für die Ruhe, die zu jedem Zuhause gehört.

WEIHNACHTEN IN AMSTERDAM

Als ich zwei Tage vor Weihnachten den Baum in die Wohnung schleppen will, kommt mir Aimee entgegen: Es sei gerade jemand für mich da gewesen, ein Mann, der es eilig gehabt habe. Er müsse in einer Stunde den Zug nach Schiphol nehmen.

«Ich habe gesagt, dass du einkaufen bist, man bei dir aber nie so genau weiß, wie lange das dauert. Er hat einen etwas merkwürdigen Eindruck gemacht, irgendwie alarmiert gewirkt, sollte ich vielleicht sagen. Ich hatte keine Lust, ihn hereinzubitten. Vielleicht hat er mir das angemerkt. Er meinte, dass er in der Bahnhofshalle auf dich wartet, in der linken Halle, an der Treppe zum Gleis, von dem der Zug nach Schiphol abfährt. An der linken Treppe. Ja, er hat ziemlich genaue Angaben gemacht, scheint sich das alles schon im Vorfeld genau überlegt zu haben.»

«Hast du irgendeine Ahnung, worum es geht? Kam er dir irgendwie bekannt vor?»

«Nein. Als ich wissen wollte, ob es dringend ist, meinte er: ‹In gewisser Weise ja.› Und als ich ihn gefragt habe, ob er sich auch per Mail mit dir in Verbindung setzen kann, hat er mich angeschaut, als hätte ich ihn gerade schwer beleidigt. Aber du musst da nicht hingehen. Dann bist du eben noch einkaufen.»

«Inzwischen bin ich neugierig geworden.»

«Dann geh.»

Als ich zum Bahnhof gehe, denke ich über das nach, was Laura über Passanten gesagt hat. Das ist schon wieder einer – keiner, der einen nur anschaut oder berührt, sondern einer, der «in gewisser Weise» etwas von einem will. Manchmal verspüre ich das heftige Verlangen, mutterseelenallein zu leben – weit weg von allem, mit nichts als ein paar Büchern und viel Musik. Nicht als Einsiedler, sondern als Sonntagskind, das sich zurückgezogen hat. Bei Camus habe ich gelesen, dass der Mensch sein eigenes Ziel ist. Und sein einziges Ziel.

Das muss gar nicht egozentrisch sein, wir können uns nur in Gegenwart anderer egozentrisch benehmen – zum Beispiel indem wir sie dazu zwingen oder bringen, uns in den Mittelpunkt der Aufmerksamkeit zu stellen. Aber ohne ihre Aufmerksamkeit funktioniert das nicht.

Ich werde ihn wahrscheinlich auf Anhieb erkennen: ein Mann, der an einer Gleistreppe wartet.

Eine Drehorgel spielt Weihnachtsmusik, die fast schon aggressiv klingt. Betrunkene junge Engländer mit Weihnachtsmützen vollführen wilde, unkontrollierte Tanzbewegungen. Vor noch gar nicht allzu langer Zeit hat mich dieser Anblick irritiert – eine Irritation, die sich im Nu in kochende Wut verwandeln konnte (denn wie soll man all das ertragen?), aber jetzt ist es anders.

Ein Stück weiter befindet sich der Laden mit den hässlichen Souvenirs und dem Büro im Hinterhaus aus vergangenen Zeiten. Ich bin noch zwei Mal daran vorbeigegangen, der Laden war zu, CLOSED, ansonsten gab es nichts, was ich mit der Nacht, die ich mit Laura erlebt habe, in Verbindung hätte bringen können. Wäre ich dem Engländer begegnet, hätte ich so getan, als gäbe es ihn gar nicht, als merkte ich gar nicht, dass er mich anschaut, denn mich gab es auch nicht – außerdem: Wie kann einen jemand, den es gar nicht gibt, anschauen? Das hatte ich mir fest vorgenommen.

Um zu dem Laden zu gelangen, müsste ich die Straße überqueren, aber ich überquere sie nicht, sondern biege ab zum Bahnhof.

Er steht da wie ein wartender und ungeduldiger Mann, er ist unfassbar dünn, was jetzt, wo er sich in Bewegung setzt, noch viel mehr auffällt. Anscheinend hat er mich auch gesehen, denn er geht auf mich zu. Vermutlich hat er mich erkannt, weil ich ihn erkannt habe. Eine zerbrechliche Gestalt mit einem forschenden Blick. Der Mann trägt einen langen dunkelblauen Mantel zu einem dunkelblauen Anzug. Auch sein Hemd ist dunkelblau, darauf liegt eine feuerrote Krawatte. Ich kann sein Alter nur schwer schätzen.

«González», sagt er und gibt mir die Hand, dann nach einer kurzen Pause: «Timo González.»

«Timo», wiederhole ich, als wäre ich entzückt über die unerwartete Begegnung. Es klingt wie ein Seufzer der Erleichterung.

«Wir sind uns nie begegnet», sagt er, «aber ich kenne dich, weil ich Lin kenne und habe dich auf ihren Wunsch hin aufgesucht.»

Er wählt seine Worte mit Bedacht und spricht mit einem leichten Singsang. Es könnte Limburgisch sein, aber dafür ist das G nicht weich genug, es klingt eher wie ein K. Er könnte in meinem Alter sein. Ich bin nie auf die Idee gekommen, dass Lin mit jemandem zusammen sein könnte, der älter ist als sie.

«Du meinst, Lin kennt mich?», sage ich.

Er nickt bedächtig. «Man kennt sich und gleichzeitig auch wieder nicht. Man kennt sich und denkt, dass man sich kennt. Aber das denkt man nicht umsonst, das hat einen Grund.»

Denken, denken, da ist es wieder, dieses Denken. Wenn man den Grund dafür kennt, begreift man auch das eigene Leben, denke ich.

Und nicke jetzt ebenfalls. Wir müssen aufpassen, dass wir nicht zu zwei dauernickenden Männern in einer kalten Bahnhofshalle werden.

Wir schweigen. Das kann noch nicht alles gewesen sein. Er weiß etwas, das ich nicht weiß.

«Lust auf einen Kaffee?» Ich zeige auf den Kiosk am anderen Ende der Halle. Ich würde lieber ins Erste-

Klasse-Restaurant gehen, aber etwas sagt mir, dass mein Gegenüber keine Lust darauf hat, denn unser Treffen ist ihm unangenehm.

Er nickt erneut und sagt immer noch nichts.

Das geschieht erst, als wir einen Becher Kaffee in der Hand haben, und ich meinen hebe.

«Auf Lin!», sage ich. Es ist eine erbärmliche Geste, aber aus dieser Situation lässt sich einfach nicht mehr machen.

«Sie ist vor einem Monat gestorben», sagt er. «Magenkrebs. Er war nicht aufzuhalten.»

Plötzlich schaut er nach rechts, man sieht ihm an, dass er alarmiert ist. Einen Moment lang kann ich mich nicht bewegen, seine Worte haben mich betäubt, und ich kann mich nicht aus dieser Betäubung losreißen – erst als ich mich zwinge, dorthin zu schauen, wohin er schaut, wie um mich abzulenken. Zwei Polizisten versuchen einen wild um sich schlagenden Mann zu bändigen. Es ist einer von den Engländern, die soeben bei der Drehorgel getanzt haben.

«Weihnachten in Amsterdam», sagt er. «Sie war bis zum Schluss bei klarem Verstand. Sie hat den Tod selbst kommen lassen.»

So habe ich das noch nie gehört: den Tod kommen lassen. Ich merke, dass ich über diese Formulierung nachdenke, als hätte sie nichts, aber auch gar nichts mit Lin zu tun. Das sind bloß Worthülsen. Sie ist schon längst daraus verschwunden, auf dem Weg in ein eigenes Leben.

«Und an einem ihrer letzten Tage hat sie eines Morgens von dir gesprochen. Sie hat schon mal von dir erzählt, aber das ist ewig her – in einer Zeit, die ich als meinen ersten Lebensabschnitt bezeichne. Seit Lins Tod befinde ich mich in meinem dritten Lebensabschnitt. Sie wollte wissen, ob ich in absehbarer Zeit nach Holland muss. Ach so ja, wir wohnen in den Vereinigten Staaten, unweit von Boston am Meer.»

«Am Meer», wiederhole ich. Irgendwas ist – mehr mit mir als mit ihm.

«Ich muss manchmal beruflich verreisen», sagt er.

«Du warst Clown. Lin hat mir das erzählt oder ihre Mutter, ich weiß es nicht mehr.» Ich sage, dass ich davon gehört habe, weil ich nicht den Eindruck erwecken will, eine Vorstellung von ihm gesehen zu haben. Nicht, dass das schlimm wäre, aber ich will das nicht.

«Clown. In meinem ersten Lebensabschnitt, aber das gehört endgültig der Vergangenheit an. Ich bin Berater für ein Pantomime-Festival. Wie dem auch sei, ich bin nicht freiwillig hier, sondern auf Lins Wunsch hin. Ich spreche nicht gern in ihrem Namen, denn das erinnert mich bloß daran, dass sie es nicht mehr selbst tun kann.»

«Das verstehe ich gut.»

«Da bin ich mir nicht so sicher.»

Er hat recht – wir sagen viel zu schnell, dass wir etwas verstehen, obwohl verstehen meist mit jeder Menge Arbeit einhergeht. Wir sollten nicht so überheblich sein und das Gegenteil behaupten. Lin hat den Tod kommen lassen. Inwiefern kann ich das verstehen?

«Entschuldige», sage ich.

«Macht nichts, das ist schon okay. Lin lässt dir ausrichten, dass sie von deinem Besuch an dem bewussten Tag gewusst hat. Dass sie wenige Tage später dein Geschenk gefunden hat, einen Eisbären, einen kleinen Eisbären. Natürlich ohne zu wissen, dass er von dir ist, aber sie hat ihre Mutter danach gefragt, und die hat es ihr gesagt, scheinbar aus Versehen. Sie hat erzählt, dass sie dir aufgemacht und als Erstes gesagt hat, dass Lin nicht da ist.»

«Sie war bei dir in Spanien.»

«Und dass du daraufhin gesagt hast, du würdest ein andermal wiederkommen, aber den Bären dalassen. Dass du gleich wieder gegangen bist.»

«Ja.»

«Aber das stimmt nicht. Lin sagt, dass das nicht stimmt. Du bist im Haus gewesen. Lin sagt, dass du das Kind zwar nicht gesehen hast, aber im Haus gewesen bist.»

Das Kind. Warum nicht «unser Sohn»? Warum nicht sein Name?

«Ihrer Mutter ging es nicht gut, sie ist manchmal kurz weggetreten. Anders lässt sich das nicht beschreiben:

einfach weggetreten. Lin hat bereut, ihn mit ihr alleingelassen zu haben, aber es war doch nur für knapp vierundzwanzig Stunden. Lin sagt, dass es ihre Schuld ist. Sie wollte mich überraschen, hätte das aber besser nicht tun sollen. Das sehe ich auch so, aber Lin deutlich mehr.»

Er schweigt und sagt dann: «Alles schien in Ordnung zu sein, obwohl er gefallen war. Aber am nächsten Tag hat was mit seinem Kopf nicht gestimmt.»

Also nicht an dem besagten Tag. Ich habe mir das Datum in der Todesanzeige nicht gemerkt.

«Da war nichts mehr zu machen», sagt er.

«Und was ist mit mir?»

«Wieso mit dir?»

«Was habe ich für eine Rolle gespielt?»

«Du hast gar keine Rolle gespielt.»

«Ich war in der Wohnung.»

«Du hast ihn nicht gesehen. Danach hat sie ihre Mutter gefragt, und die meinte, dass du ihn nicht gesehen hast.»

«Warum wollte sie, dass du mir das erzählst?»

«Da war irgendwas, das wusste sie: Du hast ihr einen Brief geschrieben, aber danach nie mehr etwas von dir hören lassen. Und sie konnte keinen Kontakt mehr zu dir aufnehmen, weil ... – wie soll ich das erklären – ..., weil sie nicht mehr zu diesem Tag zurück konnte. Sie hatte keine Erinnerung mehr an diesen Tag. Und wenn das irgendjemand verstehen kann, dann du – davon war sie fest überzeugt. Ich fürchte, ich drücke mich nicht klar genug aus: Sie hat diesen Tag völlig aus ihrem Gedächtnis gestrichen. Dort, wo wir anschließend hingezogen sind, hat niemand etwas gewusst. Nicht, dass wir mit vielen Leute geredet hätten, aber das war einfach nicht existent. Sie hat begriffen, dass ihr beide – sie und du – nicht mit dem weitermachen konntet, was ihr füreinander wart – und was das war, habe ich nie ganz verstanden. Sie hat sich zwar bemüht, es mir zu erklären, aber mit dieser Erklärung konnte ich nichts anfangen. Vermutlich seid ihr die einzigen, die das verstehen können, soweit man das überhaupt verstehen kann. Entschuldige, aber es ist mir so unbedeutend vorgekommen. Wie lange war das überhaupt? Ein paar Tage? Bei einem Ferienlager?»

«Bei einem Sommerlager.»

«Das mit dir ging also nicht mehr. Und sie konnte auch nicht mit dir zu diesem Tag zurück. Aber ...» Er zieht ein Blatt aus seiner Innentasche.

«An dem Morgen, an dem wir über dich gesprochen haben – nicht wir, sie – war sie schon so schwach, dass sie nicht mehr schreiben konnte. Sie hat angefangen, etwas zu sagen, so als würde sie mit dir reden, und da meinte ich, Moment, ich schreib's auf. Darauf sie: ‹Ja, schreib es ruhig auf.› Sie hat gesagt ...»

Er faltet das Blatt auseinander und nimmt einen

Schluck von dem viel zu heißen Kaffee. «Hier, lies selbst.»

Ich nehme ihm das Blatt ab. Seine Schrift ist rund und leserlich, ich kann sie leicht entziffern. Lin spricht in seiner Handschrift: «Es gibt nur wenige Momente, die unser Leben bestimmen. Gut, das Leben besteht natürlich nicht nur aus diesen Momenten, aber in diesen Momenten nimmt etwas seinen Lauf, was alles Weitere bestimmt – alles, was es später einmal bedeuten wird, alles, was das Leben mit einem macht. Als ich dich so mädchenhaft geküsst habe, habe ich das getan, weil ich gespürt habe, dass du mir etwas gibst, vielleicht sogar unbewusst. Einen Glauben vermutlich, den Glauben an mich selbst. Wie du das gemacht hast, weiß ich nicht. Vielleicht durch deine Art, einfach bloß durch deine Art. Vielleicht ist das bei Menschen so, sie wissen nichts davon, aber es geschieht trotzdem. Wir müssen das nicht verstehen. Denn wenn wir es verstehen, geht es vielleicht sogar verloren, sodass nichts als Worte zurückbleiben. Wir haben uns danach nicht mehr gesehen, trotzdem hast du mich mein Leben lang begleitet.»

Ich falte das Blatt zusammen, bringe erst mal nichts raus und wüsste auch nicht was. Ich würge an einem riesigen Kummerkloß, bekomme fast keine Luft mehr.

Timo González verstaut das Blatt wieder in seiner Innentasche – warum frage ich ihn nicht, ob ich es behalten darf? – und knöpft seinen Mantel zu.

«Wir werden uns nie wiedersehen», sagt er.

Ich bin so froh, dass er geht! Ich gebe ihm die Hand – ich ihm, er lässt es eher über sich *ergehen*.

«Lebt ihr Vater eigentlich noch?», frage ich. Vermutlich weil ich wissen will, welche Menschen Lin neben Timo und mir noch zurückgelassen hat. Und neben dem Gitarristen mit dem Feuermal, denn der gehört auch irgendwie dazu. Wenn es Sommer wird, muss ich die Nijmegener Straßencafés abklappern. Vielleicht ist er dort irgendwo. Und dann werde ich ihm erzählen, dass Lin den Tod hat kommen lassen, letzten November.

«Ich weiß es nicht», sagt Timo. «Nachdem wir weggezogen sind, haben wir nie mehr etwas von ihm gehört. Wir haben erfahren, dass er seinen Job gekündigt hat. Lin hat noch versucht, ihn ausfindig zu machen, war regelrecht davon besessen, aber es ist nichts dabei herausgekommen.»

«Fand sie das schlimm?»

«Eine Zeit lang schon. Und einmal hat sie gesagt, dass Menschen nicht einfach so aus unserem Leben verschwinden.»

«Tatsächlich? Im Ernst?»

Er zuckt mit den Schultern und schaut über meine Schulter zum Eingang. Dort spielt jemand Geige, eine Weihnachtsmelodie, eine Improvisation über «Stille Nacht». Die Töne hängen leicht schief in der Bahnhofshalle.

Dann sieht er mich wieder an, er macht einen müden Eindruck und hat mir eindeutig nichts mehr zu sagen.

«Es war mir eine Ehre, Lin gekannt zu haben», sage ich widerwillig und so leise, dass er mich wahrscheinlich nicht verstehen kann. Doch das tut er, denn er erwidert: «Mir auch.» Er nickt mir kurz zu und geht die Treppe hoch. Kerzengerade. Er ist so dünn, dass er fast zu schweben scheint, als würde er sich von etwas mitziehen lassen.

Ich muss an das denken, was Bart gesagt hat: Dass es nicht um die Wirklichkeit geht, sondern um die Wahrheit. Was fangen wir damit an? Wir verneigen uns vor ihr, so etwas in der Art. Gleichzeitig wollen wir die Wahrheit auch selbst verkörpern oder dafür sorgen. Um unserem Leben einen Sinn zu geben, zumindest denke ich das: Da ist es wieder, dieses Denken. Wissen tue ich das nicht. Die Wahrheit ist uns nicht wirklich vergönnt, auch wenn wir gerne so tun, als wäre das anders.

Bitte nicht zu viel Wirklichkeit!, hat Bart immer gesagt. Für mich ist das auch nichts, zu viel Wirklichkeit.

Hans Fontein und ich reden oft darüber, wenn wir von Bart sprechen, von dem, was er uns hinterlassen hat: nicht zu viel Wirklichkeit, es geht um die Wahrheit, doch nichts ist gewiss. Es gibt tatsächlich keinerlei Gewissheit, und darüber wollen wir am liebsten lachen. Auch das hat uns Bart hinterlassen, dieses Lachen über die Wahrheit, über das, worum es geht. Über das, was möglichst weit von der Wirklichkeit entfernt ist. Diese Art Humor müssen wir erst lernen, immer wieder, ein Leben lang.

Aimee sagt, dass wir «ewige Jungs» sind. Vielleicht wissen wir besser als sie, was sie damit meint.

Ich verlasse den Bahnhof. Kurz geben die grauen Winterwolken die Sonne frei, und ich muss die Augen zusammenkneifen. Trotzdem dringt ihr Licht bis zu mir durch. Ich sehe Lin, sie lacht, zieht mein Gesicht zu ihrem – ganz so, als würden wir einander hochheben und uns langsam, ja anmutig in dem verlieren, was noch von uns übrig ist.